Souffles
couplés

Gérald Tenenbaum

Souffles couplés

Voile des mots

Maquette intérieure et couverture : RédacNet - www.redacnet.com

Illustration de couverture : © Boštjan Jurečič, Rex, 2016, photographie Luka Dekleva

Éditions Le voile des mots
102, rue Saint-Dizier, 54000 Nancy
www.voiledesmots.editions.free.fr

Dépôt légal octobre 2023
Achevé d'imprimé en septembre 2023.

© Voile des mots éditions, 2023
ISBN : 978-2-9587374-7-4

Étrange fut la nuit où tant de souffles
s'égarèrent au carrefour des chambres…

Saint-John Perse
Exil

Des vies jumelles, de part et d'autre, sur les deux versants. Côté italien ou français, c'est le même temps qu'on prend. Quand on est de là-haut, de la montagne, la ville, on y descend parfois. Pas souvent. Quand il faut. Avec parcimonie. Mais là, d'un coup, c'est la ville qui est montée. La ville est vite et bruyante, elle s'agite, elle parle fort, elle vibre, elle résonne.

En haut, on ne fait pas comme ça. C'est à cause du silence qui se dépose. On prend son temps. Le temps va comme il peut, on n'y peut pas grand-chose, c'est d'autre chose qu'on s'occupe. Le soleil se lève chaque jour du même côté de la montagne, on l'accepte, on fait avec.

Mais là, d'un coup, sirènes, radiotéléphones, et même l'hélicoptère, la ville est montée.

Ici, c'est le côté italien.

Il en eût été de même du côté français.

Deux heures à peine que le drame a eu lieu.

La montagne s'est noyée dans la ville qui est montée subitement comme l'eau du lac au printemps.

Deux heures que tout a basculé ; la montagne est noyée dans les clameurs et les brondissements. Même l'écho de la tronçonneuse, qui depuis le fond de la vallée vient percer un enclos autour des sept villages, même cet écho-là s'est voilé.

C'est la grande maison épervier qui est l'œil du cyclone. Épervier est le nom qu'on lui a donné quand le vieux Luciano l'a finie : il signait toujours son travail de maçon d'une cheminée en bec d'épervier.

Deux heures. La montagne tressaille encore.

Dans l'eau sombre du lac, le reflet de l'épervier, comme un autre épervier, frissonne à la brise déconcertée.

La doctoresse a laissé repartir l'ambulance. L'inspectrice de police aussi est restée. Deux femmes autour du gamin. Il y a de l'agitation partout, seul Alex est immobile, qui fixe le mur de pierre grise, pâle à mourir.

– Quel âge tu as, Alex, tu peux au moins nous dire ça ?

C'est l'inspectrice, en tailleur pantalon de jersey noir, chemise marine et queue-de-cheval, qui a parlé. Elle est accroupie devant la chaise où l'on a installé Alex.

– Son père m'a dit onze ans, coupe le médecin, il est reparti avec la tante juste avant votre arrivée.

– Tu as onze ans, Alex, c'est bien ça ? insiste l'officier de police.

Alex la fixe du regard, mais ne répond pas.

La femme en blouse blanche, catogan de soie fauve sur chevelure châtain clair, fait une tentative, carnet et stylo en main :

– Tu veux l'écrire ? Tu veux écrire ton nom ? Tiens, essaye.

Alex prend le carnet, qu'il pose sur ses genoux, puis saisit le stylo. Il dessine un bâton, qu'on pourrait prendre pour le début d'un A. La doctoresse sourit. Mais le bâton se prolonge jusqu'en bas de la feuille, suivi d'une autre ligne, et une autre encore, jusqu'à ce que la page soit tout entière emprisonnée.

– On n'en fera rien aujourd'hui, conclut la policière en tailleur noir.

– Il faut l'emmener à Turin. Là-bas, ils auront le temps, ils ont les gens.

– Mais… il est français ! On ne vous a pas prévenue ?

– Si, si… Ça m'est sorti de la tête…

– On va appeler Albertville, ils sauront bien si c'est pour eux ou s'il faut transférer à Chambéry.

– Bien. Je transmets. Donc on en reste là…

– Oui, merci. Vous me faites envoyer les rapports ?

– Bien sûr.

– Alors, au revoir…

– C'est-à-dire…

Secouant la tête et pinçant les lèvres, la femme en noir se frappe le front.

– Décidément ! Moi aussi je suis troublée. Bien sûr, je vous raccompagne.

– S'il vous plaît.

Double regard vers Alex, mission terminée, double adieu impavide.

Elles sortent, elles disparaissent.

Bruits de voix devant la maison, consignes, bruits de pas. L'estafette démarre, vrombissement de moteur dépaysé par la pente.

Un carabinier vient chercher Alex et l'emmène au séjour. Il y a plusieurs heures d'attente avant l'arrivée des collègues français.

Le policier en profite pour écrire son rapport sur la table cirée. Il s'applique, au mépris des traces incrustées dans le bois tendre. Le ciel se couvre du côté mont Blanc. Il termine enfin, soupire, signe et date du dimanche 17 juillet 1983. Un collègue le rejoint. Ils s'observent sans parler.

Alex demeure immobile sur sa chaise. Après un moment, il tourne la tête vers les deux gardiens de la paix. Celui de droite opine du chef, l'air entendu.

Les vêpres viennent de sonner au bourg ; le vent vient de par là. Alex réclame un verre d'eau en français, premiers mots. Les deux hommes sont affalés dans les fauteuils, vestes ouvertes, casquettes au sol.

– Tu n'as qu'à te servir au robinet, dans la salle de bains, lui répond-on en français, sans faire attention.

Il se lève, culottes courtes, jambes maigres et chaussures de marche poussiéreuses.

Croisant le miroir, verre à la main, dans la salle de bains, il s'évanouit.

1

De gauche à droite, dans le champ du regard, le promontoire de la Bastille avale la lumière et tousse les ténèbres. Les ombres s'étendent, Grenoble frissonne.

Boulevard des Diables-Bleus, entre chien et loup, un soir de printemps, temps de neige retenue. Café des Deux Mondes.

Vingt-sept années se sont écoulées, qui ne sont pas passées. Alex est au bar, Paco en salle, Vassili à la cave.

Alex, sans y penser, essuie les verres encore chauds.

La fourgonnette ahanait dans le virage. Quand ont retenti les deux coups de klaxon familiers, Alex s'est immobilisé sous la grande table de la cuisine. Il a gardé en main le petit cheval de bois qu'Ange lui avait rapporté la dernière fois, un pur-sang galopant crinière au vent. Sans le lâcher, se ruant dans l'escalier, il a grimpé à l'étage. Sur la loge ouverte aux vents séchaient encore les bottes de foin et les rondins de bois humides, mais il s'est faufilé avant que le bourdon jaune n'atteigne le virage suivant.

Il savait lire, depuis plus d'un an. Jubilant, si savant, il a déchiffré tout haut les grosses lettres noires : « Ange Blandin répare tout chez vous, vite et bien. » Il a ensuite pointé le doigt vers la camionnette, virgule à présent immobile dans l'épingle à cheveux, puis il a crié, bien fort pour être entendu jusque dans l'oûtô, comme par chez nous on appelait la cuisine : « Maman, maman, c'est papa qui revient ! »

En redescendant l'escalier quatre à quatre, il a entendu l'eau couler.

Ange aimait boire son café chaud.

Absent d'ici mais présent là-bas, Alex range les verres refroidis sur l'étagère qui surplombe le bar.

En salle, chignon auburn retroussé, trench mastic et bracelet manchette, Nathalie, habituée du quartier, secrétaire médicale, laisse couler ses larmes devant le café auquel elle n'a pas touché. Paco s'approche à pas de loup.

– Nath, ça va ?

Elle essuie sa joue sans se retourner. Paco hésite, puis insiste.

– Quelqu'un t'a fait du mal ? On peut faire quelque chose ?

Elle secoue la tête, puis la penche, douceur, tristesse. Paco se redresse.

– Allez, dis-moi, on ne sait jamais…

– Eh bien…

– Oui…

– C'était en janvier… Je suis venue ici prendre un café, tu peux pas te rappeler, avec un grand mec, un Suédois, on avait discuté…

– Aucun souvenir, janvier, c'est déjà loin, mais bon…

– Tu vois bien… Enfin, j'y ai pensé, repensé, et repensé… Et, là, je suis décidée. J'aimerais bien le revoir. Vraiment bien.

– Pas de quoi pleurer ! Fonce, ma belle ! Les seconds souffles sont les meilleurs.

– Oui, mais voilà, il est reparti… Il m'avait laissé son numéro de mobile sur un rond à bière… Juste ça. Je l'ai longtemps gardé dans mon sac, et un jour je l'ai rangé dans mes affaires à la maison. J'étais certaine de savoir où. Maintenant, j'ai tout retourné chez moi… Volatilisé.

– Alors là, évidemment…

Nathalie prend sa tête dans ses mains, encore une larme, qui descend, lentement, jusqu'au coin de la lèvre.

– J'ai une idée, murmure Paco, puis tout haut : Alex ?

Sursaut derrière le zinc.

– C'est quoi ?

– Tu viens une minute ?

Relevant la tablette pivotante, Alex s'extrait de son antre et approche.

Anna avait versé le café chaud à Ange quand il est rentré. Il s'est assis, dénouant le foulard noir trempé de sueur qu'il avait autour du cou. Ensuite il a souri à sa femme, puis il a ouvert les bras pour son fils.

– Explique au monsieur, glisse Paco à la jeune fille en pleurs.

Sans y croire, elle explique. Alex s'assied paisiblement.

Dans le bol comme une nuit sans lune, café noir, il suffit d'y plonger le regard.

À la fin de l'histoire, il ferme les yeux. Paco, doigt sur la bouche, parle à Nath sans mot dire, attends, pas touche.

Sous les paupières d'Alex, soleils accélérés traversant le ciel à rebours, défilent les mois et les jours. Question mémoire, Alex est hors normes, si peu le savent. Mémoire totale, souvenirs, tous les souvenirs, même les plus insignifiants, déposés dans un paysage intérieur, pays privé, où tout est gravé, et gravé pour toujours.

Il y a des jalons, précieusement plantés, qu'il s'agit tour à tour d'extraire et d'évoquer.

Pour aider Nathalie en pleurs, il se met en marche. D'image en image, de jalon en jalon, il cueille les repères et extrait les souvenirs.

Se tenant le front, il va moissonnant. Mars, mars de cette année, est un homme à moustaches et feutre mou, février une effeuilleuse, jambes et gants satin, en haut d'une échelle immense, et janvier un couple d'homosexuels se tenant par la main dans une file d'attente.

Le mois bien calé, il remonte ensuite le cours des jours, chacun son étiquette, chemin balisé depuis toutes ces nuits dédiées au catalogage. La seconde semaine surgit à son tour, le mardi, c'était en fin de soirée, vers minuit.

Nathalie est suspendue aux lèvres closes d'Alex. Paco, confiant, a rebondi vers d'autres clients.

Le jeune homme blond est enfin présent, qui avait, au bar, demandé un stylo puis attrapé un sous-bock, qu'il a retourné. Cet extrait-là est d'une autre catégorie, l'étiquette est un animal, un chien jaune avec une muselière, hurlant derrière un muret, chaque souvenir a son prix.

– Je le vois, c'est le 00 46 72 43 69 07, annonce Alex, une main sur le front.

Nathalie le regarde, puis Paco, puis Alex de nouveau. Le sillage des larmes passées brille encore sur la peau de son visage.

Vassili s'extirpe de la cave, Paco veille toujours au grain, Alex, un peu voûté, reprend place derrière le comptoir.

Ange avait les bras velus. Même les mains. Mais avec ces mains-là, il savait tout faire, bois ou horlogerie, maçonnerie ou électricité et même électronique. Alex passait des heures à le regarder travailler, les semaines où il était à la maison.

Quand le clocher de Saint-Joseph ponctue la fin du jour, Alex laisse échapper un bouchon doseur, qui vole au sol en éclats. Métal grave et cristal aigu, les sons se répondent, imprégnés l'un de l'autre. Jonchant le parquet cramoisi, les brisures de verre dispersent malicieusement la discrète lumière des falots faiblards fixés au plafond.

L'incident est dédaigné par Vassili, qui est ici chez lui.

– C'est tout bon, lâche-t-il nonchalant, c'est égal. Alors, bonsoir, grand, et surtout tu *n'oublies pas* de fermer…

Enfilant, discrète satisfaction de travailleur, son blouson de cuir fauve fatigué, le petit patron sourit, ce soir encore, de sa plaisanterie quotidienne. Légèrement dégarni, traits parcheminés, masque affable, peau olivâtre, ventre discret pointant sous la chemise sombre, il est fluet mais dense. Appliqué derrière le bar à traquer les reflets, Alex, plus long, plus maigre, plus vulnérable, accuse une fin de trentaine dégingandée, regard bleu épars et sourcils en accents graves symétriques.

Il sert à Vassili, en retour, une pauvre mimique d'impuissance, lui qui, jamais, n'oublie rien.

Un don pour les uns, une maladie pour les autres. Hypermnésie, mémoire absolue, comme certains ont l'oreille, diagnostiquée depuis l'enfance, depuis toujours.

Homme égaré, âme singulière, âme à part.

De ce qui y passe, tout y reste. Les regards et les couleurs, les mots et les voix, les petites choses de la vie, les commandes de boissons, celles de la veille comme celles de l'an passé, les conversations et les gestes, les intonations, les silences et les expressions, les menus objets sortis des sacs de femmes, les ombres des passants et les bruits de la ville.

Alex accueille tous azimuts. Il s'insurgerait s'il connaissait une autre façon. Mais c'est ainsi, il ne se pose pas la question.

Le zinc en étain brille mais ne réfléchit pas. Alex, qui tant de fois par jour le polit, aime y poser les paumes, bien à plat, bastingage immobile, passeport pour la durée, promesse d'équilibre.

Un comptoir, une quinzaine de tables hors terrasse, ambiance ombrée, grenat, cuivre et bois. Quand la porte s'ouvre, on sent la fraîcheur entrer, avec comme un regret de flocons qui ne viendront plus, trop tard pour tomber, trop tôt pour pleuvoir. La lumière est grise dehors, ambrée dedans. Les clients cillent parfois, souriant à demi, avant de prendre place. Alex saisit au vol ces instants inconstants, partage d'intimité muette, négligent hommage du lointain à une atavique proximité, comme une famille qu'on aurait retrouvée.

Luciano avait deux filles, Anna et Maria. Dans les premières années, Maria nous rendait visite depuis l'autre versant. Elle ressemblait à maman, mais elle riait plus souvent.

Dans le fond, près des miroirs, deux filles, comme quatre, babillent avidement, hochements de tête formels et connivence des mains. Petite mode juvénile, elles ont commandé des Corona, que Paco a servies tranches de citron au goulot.

Parmi d'autres, un couple, attablé un peu plus loin, âges différents ; ils scrutent le fond de leurs verres, relevant la tête par intervalles. Calvitie en couronne et chandail sable face à chevelure lâchée, barrette, jeans, T-shirt et gilet. Père et fille, sans doute, idylle asymétrique peut-être, rupture de ban ou banc d'essai, famille décomposée, dérive ordinaire.

Alex observe sans regarder. Chaque détail est gravé, chaque image est rangée, album implacable dont les pages s'ouvrent toutes seules, comme au vent de mer, lecture forcée, gavage inflexible.

Vassili, dernier coup d'œil complice, pousse la porte vitrée et s'éloigne doucement en remontant son col. Conscient que ces pas et gestes insignifiants viendront aussi, à jamais, prendre place dans sa mémoire encombrée, Alex l'observe depuis l'intérieur.

Transparence apaisante.

Ce qu'Alex craint comme la mort, plus que la mort, ce sont les reflets imprévus, instants trompeurs où un verre ordinaire cesse de convoyer le regard pour se glacer soudain d'opacité. Caprices maléfiques de la lumière, préludes à malaise, haut-le-cœur, panique secrète.

La silhouette compacte de Vassili disparaît au coin de la rue Pierre-Loti. Baissant les paupières, presque à son insu, Alex inspire une grande goulée d'air et retient un instant le soupir à venir. Il faudrait, supplique silencieuse en marge de chaque inspiration, que le monde entier puisse disparaître au coin de la rue Pierre-Loti, que le désert s'installe, ou le vide, ne fût-ce qu'une minute, une seconde d'éternité, que tous ces signaux s'éteignent, dégagent le terrain, juste le temps de respirer, de souffler.

Au-dessus du moulin, dévalait le ruisseau. On avait installé des dalles d'ardoise pour les enfants, comme un toboggan qui nous jetait dans l'eau dormante où plongeaient les pales glissantes. L'été, comme ça, les enfants des sept villages et de la même école passaient leur temps à réveiller l'eau dormante en riant.

– Allô, lance Paco, monocorde, lassitude de fin de service à fleur de voix.

C'est le code maison, un allô d'alerte, puis, toutes tables mêlées mais dans cet ordre, les commandes : les boissons chaudes, puis les *softs*, froides sans alcool, et enfin les alcoolisées. Ceux qui annoncent, qui donnent de la voix, Paco, Vassili, ou, en été, les extras prestement engagés, n'ont jamais à répéter. Gauche dans ses mouvements, Alex est droit dans sa mémoire, planté en elle comme un pieu fiché en terre qui rêverait de fleurir.

Pull de laine cardée écrue à même la peau, Paco a l'œil vif et le teint cuivré. Cheveux charbon coupés très court, ample ligne de sourcils immuable, nez droit et discret, lèvre supérieure flegmatique taillée au couteau, il pourrait avoir du sang iroquois ou pawnee. Ses gestes sont simples, directs et précis ; il sert, mais chacun pressent qu'il saurait d'instinct être servi.

Paco a fait des études, droit des affaires, contrats, litiges, jurisprudence, fiscalité, et puis, un jour, un matin, son sang s'est réveillé, il a troqué son costume sombre contre un pull de laine vierge. On dit qu'il était marié, peut-être même papa d'un petit garçon qui n'avait pas atteint l'âge de jouer aux Indiens. On dit, on chuchote, on hausse les épaules en retournant les paumes vers le ciel, on fait des yeux, puis on fait silence, on se regarde et l'on change de sujet. Dans le secret de son œil de corbeau, Paco sait faire taire les secrets.

C'est peut-être de ce silence qu'est née la ferme complicité avec Alex, qui jamais ne se hasarde à saisir un stylo.

Car, dans la tête si pleine d'Alex, les lettres se mélangent à tue-tête. Elles changent à leur gré de place ou de son, rien n'y fait.

Avant la descente vers la vallée, les lettres se rangeaient d'elles-mêmes, ah vous dirais-je maman, un, deux, trois, nous irons au bois, les lettres se mettaient au pas.

Ce temps n'a plus cours aujourd'hui, la petite musique a perdu ses croches, les refrains ont tourné court. Alex se souvient, mais ne rattrape rien.

Ils ont été nombreux, toutes ces années gravées derrière le bar de Vassili, ceux qui ont souri ou compati. Alex revit les blessures à l'envi, nuits blanches où les jours perdus ressurgissent, ressacs infinis de marées périmées, absurdes rediffusions de *rushes* parasites.

Paco, lui, n'a jamais cillé. Les nuits de tourmente, assis sur le lit fermé, chat noir et gris entre les genoux, Alex rappelle son regard immobile et s'y baigne en silence.

Un soir d'été, après la veillée, tout le monde était regroupé. On avait passé la soirée à gromailler les noix pour plus tard en faire de l'huile, mais les enfants passaient entre les grands pour prélever comme un impôt tant qu'ils pouvaient rester sérieux. Si la barbichette éclatait, fou rire et contorsions, adieu des cerneaux, ils ne récoltaient que les coquilles et c'étaient les grands qui riaient.

Alex relève enfin les paupières, résigné à laisser pénétrer la lumière, inexorable cortège d'images.

Paco, placide, incline légèrement le buste pour attester du contact enfin établi.

– Un thé vert, deux BL, un Perrier, une Affligem… Ils l'ont dit !

Le BL, c'est le raccourci local pour la boisson locale, café verre d'eau, jargon d'ici. Le fournisseur régional Fraica livre aussi les tasses à emblème du téléphérique, qu'on dispose avec un sablé sous cellophane et un sucre sous cellulose.

Alors que Paco s'éloigne vers la terrasse à claustras, deux fumeuses élégantes, jupes droites et escarpins, s'y sont installées, Alex empoigne tour à tour le bras du percolateur et celui de la tireuse, tatouage intime de gestes en série, à l'infini répétés.

La mousse s'installant posément dans le verre à pied frappé de son écusson canonique, dague blanc et noir sur écu rouge, il lorgne le petit filet d'eau chaude suintant du socle de la machine à café. Dès qu'il l'arrêtera, plus qu'une heure ou deux, il tentera à nouveau, après le nettoyage quotidien, de resserrer les joints. La peine sera perdue, il le sait d'expérience. De ces fuites récurrentes, inextinguibles, ne résultent que récriminations et doléances : Vassili entonnera son antienne douloureuse sur le prix des réparations et les clients déçus ironiseront sur le café sans café.

Alex saisit l'essuie-mains. Il y a deux fûts à changer sous les tireuses, Edelweiss et Leffe. Chacun des deux mots, même à présent, chapelet privé pesant sur ses pensées, résonne à crever les tympans.

Edelweiss, l'étoile d'argent moutonnait les alpages au cœur même de l'été. Leffe, poussière des caves d'abbaye, retraite de communiants, tout ce qui fait frissonner la narine après longtemps.

Ces souvenirs anciens, aujourd'hui affleurés, devront à leur tour être mis de côté. À inclure dans le travail de nuit.

Pour l'heure, il y a du travail de jour. Alex, courbé, ahane sous l'effort en roulant les tonneaux métalliques. Tous ces fils, si ténus, si tenaces, indispensables

25

et impensables, qui le tiennent et l'entravent, mais comment font les autres ?

– Allô…

Du bout des doigts, Paco tambourine sur le comptoir, *one, two, one, two, three…* C'est un signe entre eux deux, Alex relève-toi et, s'il faut, je suis là. Mais déjà la commande suit, qui contient en elle-même toute l'explication.

– Deux BL, une menthe à l'eau, et oui, j'ai dit, une Delirium Tremens.

La Delirium, mousse blanche sur corps abricot trouble, âcreté de seconde bouche, maltage abyssal, c'est la meilleure des belges, donc la meilleure bière du monde. Et, aux *Deux Mondes*, sauf exception, on ne sert ces neuf degrés de la sagesse qu'à une seule personne, une cliente pas comme les autres, Maggy Robatel, capitaine de police judiciaire.

La cinquantaine mal acceptée, coupe au carré effilée, frange châtaine légère au vent même de printemps, inévitable bandana marine et noir en twill de soie autour du cou, tailleur jupe et talons plats, sourire nostalgique, touche de fard joues et paupières, soupçon de mascara, Maggy passe voir Alex de temps en temps. Pas seulement quand elle a besoin de sa mémoire.

Alex l'aperçoit, à travers la porte vitrée, écartant sa mèche fragile du bout des doigts, comme un nuage au bout des doigts. Elle traverse le sas sans changer d'expression. La bouteille crème et bleu argenté flanquée du verre à pied bombé et éléphants roses l'attend déjà sur le comptoir. Les deux nouveaux fûts patienteront un peu pour être raccordés. Maggy prend une cigarette, paquet de brunes largement entamé. L'interdiction de fumer dans les lieux publics ne concerne pas tout le monde.

– Tu finis tard ?

– Normalement, une heure du matin, un peu plus, vous savez bien.

Tutoiement, vouvoiement. Dissymétrie datant d'un temps révolu, mais qu'aucun des deux n'a souhaité rompre. Ils se connaissent depuis plus de dix ans, douze ou treize sans doute, quinze peut-être. Au début, police d'avant les quotas et la culture du résultat, Maggy tenait à quelques illusions et Alex conservait des foyers d'accueil une méfiance irréductible pour tout ce qui, de près ou de loin, représentait la loi ou l'ordre.

C'est Fédor, le père de Vassili, qui les avait présentés, quand il travaillait encore. Il avait connu Maggy lieutenante. On lui confiait les petites enquêtes, les délits mineurs, les gardes à vue, les permanences de nuit. Elle venait s'asseoir, fond de salle ou terrasse, on ignorait si elle était ou non de service, tirant consciencieusement sur ses cigarettes alors légères, regard vague, face à un verre d'Heineken ou de Kanter.

Un soir de semaine, petit dealer en délicatesse, Fédor s'est fait braquer. Maggy était tout près, personne n'a bougé, elle a ceinturé le type, qui s'est mis à pleurer. Ils se sont assis, ils ont parlé, Alex n'a rien oublié, mais ils chuchotaient si bas que personne n'a pu écouter. On percevait seulement les inflexions des voix, qui donnaient vers le bas, avec comme des sanglots, mais qu'on n'entendait pas. En fin de compte, Maggy a déverrouillé les menottes, ouvert son sac skaï blanc cassé, et donné deux cents francs au petit délinquant qui l'a regardée un long moment avant de se lever.

C'est depuis ce temps-là qu'on sert la Delirium à Maggy. Gratis.

Elle boit la moitié du verre et le repose en silence. L'air s'alourdit. Il pourrait neiger au-dedans. Écrasant sa cigarette dans une soucoupe de tasse à café, petit mouvement de tête à faire trembler la frange, elle conclut :

— Je reviens te chercher tout à l'heure. On ira faire un tour.

Sans attendre de réponse, elle se dirige à pas comptés vers la sortie, bientôt dissoute dans la nuit que la Bastille, comme un soucieux suaire, a déployée sur la ville.

2

Les cloches de Saint-Joseph ne portent pas jusqu'au campus universitaire de Saint-Martin. Au bout du couloir du département des sciences cognitives, second étage de l'Institut de la communication parlée, un petit bureau s'éclaire.

Absorbée par sa lecture, Sandra n'a pas perçu le déclin du jour avant que les lettres ne se mettent à danser sur le papier. Posant ses lunettes rondes sur les dossiers épars, elle a relevé la tête, fixé le mur vide en face, passé la main dans ses cheveux, et s'est finalement dirigée vers l'interrupteur en étirant son dos engourdi.

À perte de regard, sur l'esplanade de la bibliothèque, s'étale l'ombre de la Cornue de Calder, monument d'acier tout de laque noire revêtu qu'on appelle ici « le chat ». Si les merles perchés sur le chat de métal savaient philosopher, sans doute méditeraient-ils sur la nécessité qui fait s'embraser une fenêtre quand les autres s'éteignent.

C'est l'heure vaporeuse où les bruits ambiants, voix assourdies de collègues, pas perdus de visiteurs, murmures aiguisés d'étudiants, sifflements de tramway, bourdonnements de parking, s'estompent imperceptiblement dans un silence cotonneux. Accompagnant l'éclosion de pénombre, une paix feutrée vient se poser sur les constructions saillantes; la réflexion peut alors se mettre en mouvement, il faut bien être hors du monde pour penser le monde.

Pour Sandra, ce sont les meilleurs moments de la journée. Raphaël consulte tous les soirs jusqu'à neuf heures passées. Des soirées occupées à l'attendre, dans les premières années de leur mariage, elle conserve un souvenir nauséeux, bribes de journal télévisé, poisson desséché dans la poêle, courriers électroniques tronqués, copies d'examen à demi corrigées. Depuis qu'elle en a pris son parti et reste tard à travailler, dernière sentinelle du temple du savoir, elle a publié une dizaine d'articles et presque achevé son mémoire d'habilitation.

Le néon éclaire brut et froid, confisquant les couleurs; elle revient s'asseoir, jouant avec son portemine, regard songeur. Il reste encore du temps, le temps du soir est plus qu'un autre un temps pour soi. Au-delà de la vitre obscurcie, le chat d'acier s'est noyé dans la nuit, la pièce entière navigue en coquille de noix dans l'océan interdit.

Le bureau est jonché de graphiques, données brutes hâtivement annotées, papier millimétré, encéphalogrammes électriques ou magnétiques, résonances de toutes origines à comprendre et interpréter. Chaque semaine, les courbes s'amoncellent, temps du langage, temps de la pensée, et comment passer de l'un à l'autre, avec tout ce qui peut aller ou caler : parler, bégayer, lire, ânonner, se souvenir, oublier.

On frappe.

L'espace d'un soupir, elle hésite, ce moment devrait n'être qu'à elle, privé, précieux. Mais il est trop tard ; sous la porte fermée, le rai de lumière l'a sans doute déjà trahie.

– Entrez, lance-t-elle.

La tignasse rousse de Romain, le jeune maître de conférences nouvellement recruté dont on fait des gorges chaudes à tous les étages, apparaît dans l'entrebâillement.

– 'lut, Sandra. La bibli est fermée, et j'ai absolument besoin du Sacks, tu n'en as pas un exemplaire sous la main ?

Est-ce parce qu'il a fait une thèse à Montpellier avec d'Arceaux qu'il doit en permanence jouer les grands scientifiques distraits ? Interrompue pour interrompue, Sandra choisit de s'amuser un peu.

– Ça dépend, tu veux le chapeau, la planète Mars ou la musique dans la tête ?

Il hésite une seconde, mais, ayant visiblement repéré que Sandra fait allusion à trois titres connus du neurologue britannique, se reprend lestement.

– Euh… Je ne sais plus, on en parlait il y a quelques jours avec André, il me disait qu'il y a là-dedans des concepts pas inintéressants sur les voies cachées de la mémoire…

Esquive, intimidation, pédanterie, cette fois, les limites sont dépassées. Il faut sévir, même si ça dure un peu.

– André… André Levasseur, le prof au Collège de France ?

– Oui, oui… J'étais à Paris. Alors, le bouquin, tu l'as ?

– Mais tu y vas chaque semaine pour suivre le cours, non ? Marielle aussi ; elle m'a raconté.

– Certes, mais, je veux dire, parfois, à la fin, il discute.

– J'imagine. Alors, lequel veux-tu, *L'homme qui prenait sa femme pour un chapeau* ?

Il prend sa respiration, mal à l'aise, enfin mal à l'aise.

– Y'a des trucs paradoxaux sur la mémoire, là-dedans ?

– Mon grand, la mémoire, c'est comme le sommeil, c'est pas parce qu'elle est paradoxale qu'elle est anormale… Il y a l'histoire de ce type, tu sais, syndrome de Korsakov, qui se croit toujours en 1945, rien de ce qui passe ne s'inscrit, alors il ne vieillit pas.

Cette fois, il a basculé du côté obscur. Il se dandine d'un pied sur l'autre.

– Ah oui, Korsakov, mais je ne sais plus bien si c'est de ça qu'il…

– Tu as oublié, pourtant on est mercredi et les cours place Berthelot, c'est les lundis… Peut-être vas-tu rester jeune plus longtemps que ton âge ! Décide-toi. C'est celui-là qu'il te faut ?

Une question directe, comme un direct, du gauche de préférence. Il faudra qu'elle en parle à Fulvio, question noble art, c'est plus qu'un expert, un esthète.

– Pas sûr… J'hésite, là, tu vois. André parlait d'aventure humaine.

Il est totalement perdu. Presque un soupçon de pitié. Mais quand on a commencé d'étrangler le chat…

– Marielle m'a dit. C'était peut-être *Un anthropologue sur la planète Mar*s, alors ?

– Il est pas un peu ancien, celui-là ? Tu l'as ici ?

– Une petite quinzaine d'années, mais des histoires comme celles-là, il ne s'en écrit pas tous les six mois.

– Et il cause d'aventure humaine ?

– Oui, bonhomme, des gens qui puisent dans leur handicap pour…

– Alors c'est peut-être ça… Excuse, et ils trouvent quoi dans leur handicap ?

– La force de créer. Ça ne doit pas être celui-là.

Elle a lâché un mot qui parfois lui fait monter les larmes, créer, aller au-delà, trouver en soi ces ressources enfouies… Nous sommes tous du même troupeau, mais certains marchent devant.

Évidemment, Romain n'y voit que du feu.

– Si tu le dis. Il y en a un autre ? Tu l'as ?

Depuis la première seconde, Sandra sait qu'il ne peut s'agir que de *Musicophilia*, le livre dont parle tout le petit monde de la psycholinguistique, et que presque tous connaissent. Le *must*. Le concret et le concept, nourris l'un de l'autre, vagabondage entre les obsédants vers d'oreille, parole, parole, et les inconcevables amnésies préservant la pensée harmonique. En passant, sans même évoquer les rapports clairs obscurs entre rêve et musique, par l'émotion rayonnant de ces idiots qui tutoient l'absolu dans un monde où les couleurs et les sons se répondent enfin… Ces idiots-là, Sandra le sent confusément, sont – comment le dire autrement ? – de sa famille.

Que l'ambitieux Romain, une oreille qui traîne dans chaque couloir, ait pu passer à côté d'une telle cathédrale sans la remarquer constitue en soi un petit bonheur du soir.

Presque de quoi se réjouir du temps perdu.

Mais bon, il faut conclure.

– Oui, bien sûr, il y en a un autre… Je crois même qu'il y a eu un grand papier dans *Le Monde*, mais franchement, je ne me souviens plus du titre. Un mot étrange, insolite, genre…

– Genre ?

– Drosophile, éosinophile, quelque chose comme ça, en tout cas qui ressemble ?

– Ah ? Bizarre…

– Oui, c'était un mot bizarre. Désolée de ne pas pouvoir t'aider mieux.

– Ça ne fait rien, merci quand même.

– Pas de quoi, bonhomme. Au fait…

– Oui ?

– Quand tu verras André, rappelle-lui qu'il ne m'a pas renvoyé ses billets de train.

Un temps d'arrêt, comme un taureau frappé de plein fouet.

– Tu le connais ?

– Un peu, oui. Je l'avais invité pour l'école d'été. Tu étais au Brésil.

Un peu cruel sans doute, mais, à la fin de l'envoi, il faut toucher. Une petite goutte de sang perlant sous le pourpoint et brillant dans l'obscurité comme le bouchon léger d'un flacon de parfum.

La porte se referme.

Lentement.

Restée seule, toute satisfaction évanouie, Sandra fixe à nouveau le mur vide face au bureau, puis soupire.

Il est l'heure de rentrer à la maison.

3

Les derniers clients ont quitté leurs places et poussé la porte depuis une bonne demi-heure. Emmitouflé dans sa canadienne matelassée, Paco s'éloigne à son tour, pas légers. Pas de fatigue, pas de lassitude dans sa démarche. Il n'est pas de ceux qui rentrent à la maison. Il pourrait sans transition se mettre à danser, il suffirait d'un feu pour danser autour.

Alex l'accompagne du regard, comme il accompagne tous ceux qui s'échappent. Le temps d'un battement de bâton de pluie, Paco est avalé par la nuit boucanée.

Luciano avait deux filles, Anna et Maria. Dans les premières années, Maria nous rendait visite depuis l'autre versant. Elle ressemblait à maman, mais elle riait plus souvent. Avec les yeux, avec le menton aussi, elle pointait vers le haut, comme si l'on pouvait d'ici apercevoir l'autre côté. « Là-bas, disait-elle, tout est à l'envers, mais qui le sait, au final tout est pareil. »

Seuls restent à ranger quelques casiers pour les livreurs et les bouteilles au-dessus du bar, dont l'ordre est à rétablir, pour la mémoire des mains qui va plus vite et plus loin que celle des yeux.

C'est à ce moment qu'elle est revenue. Maggy a bu, un peu, mais un peu trop. Elle entre et s'adosse au mur, repoussant sa mèche rebelle d'un geste raide, agacement de la nuque, intransigeance des épaules.

Alex redresse la tête. Au cou amaigri de Maggy, le bandana est relâché, une main pourrait s'y être accrochée, fugace effronterie des bars obscurs, noyés de la nuit, gestes impuissants, gestes gratuits.

– Allez, dit-elle, pointant vers la rue qu'on devine encore mais qu'on ne distingue plus, tant la lumière du dedans a effacé l'obscurité au fur et à mesure qu'elle remplissait la ville.

Alex enfile son long imperméable défraîchi. La journée de travail est finie, mais pas la journée. Il y aura encore des images à classer, des sons, des odeurs, et des battements de cœur. Il est un voyageur pressé, à courir, le train va partir, avec deux grosses valises molles, lourdes et molles au bout des bras.

Alex baisse la grille et verrouille. C'est Fédor qui lui a donné la clef, que Vassili lui a laissée, confiance de père en fils, famille mais pas famille d'accueil, surtout pas. Juste un accord tacite, même pas une poignée de main, tu n'oublieras rien, c'est comme ça, entre nous, on ne l'oubliera pas.

Ils traversent la place Pasteur, le carrefour est désert à cette heure. Les rails courbes du tramway miroitent vaguement à la lune naissante. Immuables points de repère, mais vecteurs de glissement, d'altération, dangereux aussi, ils exercent sur Alex une fascination magnétique. Il faudrait savoir marcher les yeux fermés.

Ils avancent côte à côte. L'air frais rend son équilibre à Maggy. Au mépris de la nuit, la Bastille projette une ombre enveloppante qui empoigne les immeubles et nappe le bitume d'illisibles marbrures.

Maggy reste silencieuse, mais le bruit de ses pas, le balancement de son corps – le souffle d'Alex s'y accorde imperceptiblement – composent une mélodie apaisante.

L'entrée du parc Mistral, sombre sas d'où sourd un air plus humide. Une silhouette fait les cent pas entre la fontaine olympique et le monument des Diables-Bleus.

La vasque tient sur quatre pieds, mais, selon l'angle de vue, on pourrait en compter moins. L'eau, même de nuit, y joue constamment avec la lumière ; impossible de décider, cycle discret, cycle secret, si elle frémit ou s'écoule. En face, plantés sur la pierre, abrités par une voûte de béton, les Diables tiennent bon, c'est leur destin. Groupés, indomptables, silencieux, ceux qu'on appelait ceux de la montagne ont tenu tête aux

Allemands toute la guerre durant. Ils n'ont, eux, jamais été vaincus.

Fontaine et Diable dans l'étendue. La coupe d'acier et le chasseur de bronze forgent dans la mémoire errante d'Alex des attaches rassurantes, des points d'ancrage, des refuges. Lorsqu'il fait halte à ces images-là, son sang s'égalise, il respire.

Car tout ce qui bouge, change, s'altère ou se transforme lui promet des nuits de labeur, de lutte, et la peur, la terreur d'échouer à tout figer pour tout repérer. Le château de cartes ne doit pas s'écrouler, coûte que coûte, lui seul le sait.

Quand il faut tous azimuts étayer, colmater, calfeutrer, la panique le saisit, et parfois, l'air vient à lui manquer. Il parcourt alors la ville, seul, dérivant de sculpture en sculpture.

L'homme qui marche est un policier en tenue. En approchant encore, on constate qu'ils sont deux, mais l'autre est immobile. C'est vers celui-là que Maggy s'avance. Il la salue, désignant du menton l'allée qui s'engouffre dans l'obscurité.

– Le périmètre est balisé depuis vingt-trois heures zéro zéro, mon capitaine.

Il ignore Alex, mais ne regarde pas Maggy directement non plus. Alex, comment faire autrement, grave à jamais ses traits. Nuque courte, l'homme n'a pas atteint la trentaine, visage carré, arcades sourcilières en ligne dense et régulière, nez droit et fin, mâchoire puissante, un peu lourde.

– Et le rapport du légiste, vous l'avez ? enchaîne-t-elle sans commenter, inflexion de commandement ordinaire mouillée de ce je-ne-sais-quoi désenchanté propre à Maggy et qui vient à point tempérer la hiérarchie.

– Négatif, mon capitaine, mais j'ai reçu les photos.

Maggy tend la main. Le jeune brigadier extrait de sa vareuse une pochette sépia. Elle s'en saisit mais ne l'ouvre pas.

– Viens, poursuit-elle à l'attention d'Alex, c'est par là.

Elle le guide sur l'allée, vers le bouquet de trois chênes encerclés de bandes blanc et rouge. Sortant une lampe de poche de son sac, elle promène le faisceau sur les brindilles éparpillées et les petites herbes désordonnées. Alex inscrit toutes ces images, qui n'ont pas encore de sens, mais le sens ne lui est pas nécessaire pour inscrire en lui des images.

Entre Noël et Nouvel An, on tuait le cochon. Chacun chez le voisin, pour s'aider, jambon, saucisses, tous les diots avec les crozets, la polenta ou la moutarde, comme on voulait. L'hiver de ses dix ans, c'est présent, il savait lire depuis longtemps, ils étaient trois familles regroupées à la ferme Ollier.

Maggy est à son affaire. Les trois arbres ont vécu plus longtemps que le temps d'un homme, Alex le ressent, crevasses, boursouflures, et rides des écorces.

La lumière de la torche danse un peu sur les troncs. Celui de gauche a été élagué, ou bien ses pousses ont abandonné la lutte pour le jour. Son enveloppe est crayeuse, livide aux rais scintillants qui l'effleurent.

Mais c'est le chêne central qui happe immédiatement le regard. Buste sombre, raviné, embroussaillé à hauteur d'enfant, ramures nouvelles, feuilles pâles accrochant les rayons lumineux, il respire la vie et exhale tout ce que la vie peut comporter d'impitoyable. Irrésistiblement appelé vers le haut, cet arbre-là n'a rien abandonné, ni regret, ni tendresse, ni pitié, à ceux, animés ou végétaux, qui ont un moment partagé son espace horizontal.

Une écharpe blanche est suspendue à une branche basse.

Tachée de noir, car le rouge sang est noir à la nuit noire.

Vers le soir, il manquait une cisaille. « Viens, Alex, on y va les deux », avait proposé Lucas Ollier, qui, devenu chauve avant trente ans à cause d'une pelade, portait en permanence une casquette de velours côtelé.

Ils ont cherché l'outil dans la soupente avec la lanterne. C'est Alex qui tenait la lanterne au bout du bras. « Un peu plus par ici ! » avait réclamé Lucas. La lanterne était lourde, il l'a soulevée à deux mains, mais on n'y voyait toujours rien. « Allez, gamin ! » avait insisté Lucas le chauve.

Il s'est arc-bouté pour la monter encore.

La chevelure poussiéreuse du grand-père Ollier est apparue dans le couloir de lumière jaune.

Ça faisait trois heures qu'il était là. Il était parti chercher du bois, on avait imaginé qu'il s'était occupé à autre chose.

Le vieil Ollier n'avait pas les yeux fermés. Alex n'avait jamais vu un mort.

– On a trouvé un type, lâche enfin Maggy, cet après-midi, une balle dans la nuque. Une seule, à la base de la nuque. Regarde ça, et dis-moi.

D'un même mouvement, elle lui tend la lampe et l'épaisse enveloppe, derniers clichés d'un corps qui fut animé. Et là, dans la nuit frémissante, sous le couvert de ce trio de chênes assemblés et discordants, Alex scrute le papier glacé en exhumant de sa mémoire des images enfouies.

C'est l'écharpe qui revient la première.

Un soir de janvier, la terrasse était chauffée, et les voix des garçons rebondissaient. On avait dit : « Avec du blanc comme ça autour du cou, parole, tu veux jouer les princes, ou quoi ? » et, rire de gorge mais secrètement crispé, on avait répondu : « Je *suis* un prince, même si ça ne se voit pas. »

Paco avait servi des Desperados. Depuis le bar, Alex avait surpris les mains saisir le morceau de tissu, et le buste se raidir. Mais le visage n'était pas dans le cadre.

– Je l'ai entendu, murmure Alex sans lever les yeux, mais je ne l'ai pas vu.

– Cherche encore, on n'a même pas son nom…

Ayant relevé un pan de sa jupe, Maggy a plié un genou en terre ; sa peau luit comme un bas de soie, on ne sait si elle observe ou si elle hume.

Il transpire, à présent, et sous l'effort frissonne dans le même temps.

Un pas de recul.

Les trois arbres sont un obstacle. Impossible de se repérer sous l'empreinte de leurs serres.

Mais il y a au-delà, tout juste à quelques pas, une colonne de marbre blanc, avec le dessin d'un homme pieds nus, regardant au ciel et se tenant les mains. Il s'y est abreuvé souvent, formes simples et solides qui l'arriment au sol. La mémoire, droit du sol.

Il s'y rend, abandonnant Maggy l'espace d'un instant.

D'ici, il peut repartir à l'envers, revenir à ce jour d'hiver.

– Ton écharpe, avait-il entendu, voix éraillée, cadet de banlieue routinier du défi, tu pourras toujours en faire un cache-nez !

Et la porte s'ouvre, souvenir inclus, souvenir éclos, il retrouve le gamin traversant pour les toilettes, nez enflé, compresse de coton et ruban ivoire adhérant aux joues enflammées.

Il parcourt à rebours les quelques pas qui le séparent de la scène de crime.

– Il avait le nez cassé, Maggy, en janvier, au moins abîmé.

Elle se relève en tirant sur sa jupe, presque un demi-sourire, elle connaît le prix de ces petits détails.

– Reste à trouver pourquoi, mais ça, soupire-t-elle, c'est mon boulot.

Alex rend la pochette, imprégné des images, nuque percée, front éclaté, yeux étonnés.

– C'est frisquet, je te raccompagne, tranche Maggy. À pied.

Une réponse n'est pas nécessaire. Entre certains êtres, la nuit tisse un passage.

Alex va devant.

Quelques pas dans la forêt, la ville ressurgit.

– Vous me bipez quand vous avez des nouvelles de l'identification ou les conclusions du légiste, précise Maggy, neutre, si neutre, à la sentinelle immobile.

En remontant la rue du Manège, Maggy choisit de marcher sur l'herbe qui tapisse les deux voies de tramway. Alex s'écarte de ces blessures jumelles et rallie le large trottoir sur la gauche. Maggy le rejoint sans commenter.

Ils bifurquent rue de Strasbourg, les pavés ont repris le dessus, les rails courent toujours.

– Tant que le bip ne sonne pas, murmure Maggy, l'enquête est en *stand by*… enfin, pour ce soir, demain, il y a les témoins.

Place de Metz, Saint-Joseph est muette, les acacias palpitent au printemps qui s'ébroue. Alex et Maggy avancent ensemble, sans se toucher.

Ils traversent en diagonale entre les autos; un homme, chignon haut de samouraï, ramasse furtivement un mégot. Il porte sans doute plus d'un manteau. Tête penchée, cachée entre les épaules, toux étouffée, il disparaît subitement, peut-être s'est-il allongé sur un banc. Demain, dans un an ou dans dix, qui sauf Alex restera-t-il pour se souvenir de lui?

Luciano avait deux filles, Anna et Maria. Dans les premières années, Maria nous rendait visite depuis l'autre versant. Elle ressemblait à maman, mais elle riait plus souvent.

– Tu vas toujours voir ta chercheuse, la psycholinguiste?

Alex tressaille, puis baisse la tête et remonte son col. Tout en marchant, gauche et léger, il serre les bras autour de son ventre.

– Oui, vous savez bien…

– Je sais, je sais. Elle a trouvé quelque chose ? Elle te fait du bien ?

Certains visages lui demandent un effort de mémoire, pas celui de Sandra. Grands yeux noirs encadrés de boucles acajou, souvent rassemblées sur la nuque, barrette écaille, mèches grecques, émotion en permanence au bord des lèvres charnues, mobiles, en accord mystérieux avec le regard.

– On travaille la lecture…

– Et alors ? Toujours rien ?

– Les lettres ne s'arrangent pas. Sandra n'y comprend rien parce que…

– Tu l'appelles par son prénom maintenant ? C'est plus madame le professeur ?

– Elle a dit qu'après un an c'était mieux comme ça, plus simple.

– Si on veut… Et elle n'y comprend rien parce que… ?

Rue Casimir-Perier, petites boutiques, restaurant chinois, les trottoirs sont étroits, ils ont sans y penser emprunté le milieu de la chaussée.

– Parce que je ne sais pas lire, mais que, quand même, vous savez, je sais glober.

– Oui, c'est étrange, quand on y réfléchit, mais bon, pour moi, pour toi aussi je crois, c'est bien pratique…

Elle lui prend le bras, pression au-dessus du coude, pression prolongée, Maggy si proche. Il lui a parlé, depuis des années, de cette facilité qu'il a, photographier les mots, y associer un sens, comme lire, mais seulement les mots amis, qu'on lui a présentés. Les mots étrangers, ceux qu'il n'a pas clichés, résistent, obstinés, hermétiques, impossibles à déchiffrer.

– Et encore… Elle ne sait pas…

– Quoi ? Que tu peux glober sans comprendre, des pages entières, comme un photocopieur couleur ?

Alex a le cœur noué. Il suffirait d'un rien, un regard, la caresse d'un souffle ou d'un parfum, pour que Maggy soit une épaule à pleurer.

Leurs pas ont avalé l'asphalte dans la nuit avancée, Vicat, La Fayette, Renauldon, Lionne, le pont sur l'Isère et enfin le quai. Devant le boulanger, on a débarrassé la petite place de son mobilier ; les terrasses s'effacent à la nuit tombée.

Si près d'être arrivé, il se décide à répondre.

– J'en parlerai aussi, je lui montrerai… Mais, là, on a essayé… essayé… Tout le monde sait lire…

Les balises familières sont au rendez-vous : la vieille porte de bois bistre qu'il n'a jamais vue ouverte, et la laverie encore éclairée, où il peut se voir attendre avec le chat Trumeau. Flibustier de cantines descendu sauvage de la Bastille, son compagnon de velours l'escorte à son tour : avec les années, il s'est accommodé du bruit et n'a conservé de ses jeunes jours que la fascination du hublot tourbillonnant.

La pizzeria, il est rendu chez lui. L'épaisse maison sombre à flanc de colline surplombe le vieux bâtiment, fenêtres cintrées et colombages, face à la rivière.

Alex s'est arrêté. Maggy attend un mot. Le mot ne vient pas, elle y va.

– Tu montes tout seul ? J'ai froid, là, mendie-t-elle.

Esquivant son regard, il fixe le dos de ses mains, doigts écartés.

Reflux d'intimité, ressac, bouleversement... et soudain Sandra. Elle surgit, consultant ses dossiers, qui se passe la main dans les cheveux, toute à sa réflexion, puis, relevant le visage dans la lumière crue du matin, ouvre vers lui les yeux. Naturelle, comme si tous les rôles pouvaient à chaque instant être redistribués.

– Pas ce soir, s'il vous plaît, trop de travail, vous savez bien, la nuit...

Maggy scrute un instant le cours opaque de l'Isère, éclairs fluides indifférents, et soulève sa mèche, souffle désenchanté.

– Normal, sourit-elle âcrement, un professeur, c'est fait pour donner des devoirs.

Elle ferme ensuite les trois boutons de sa veste et s'éloigne à pas irréguliers. Alex s'attarde, gorge serrée, interrogeant dans les reflets de l'eau qui court les dessins inversés du ciel profond.

La silhouette vacillante de Maggy avait été engloutie depuis un bon moment quand il a entendu le bip.

4

Il est tard, mais, depuis la rue, tache de nuit dans la nuit, leur appartement est le seul à n'être pas éclairé. Immeuble de trois étages rue Garibaldi, des duplex, boîtes à profs, balcons en navette, comme si tous les profs rêvaient de transatlantique.

L'Isère n'est pourtant qu'à quelques pas. Quand elle a besoin d'être seule, ou juste comme ça, Sandra va parfois du côté de la rue des Taillées, rien que pour sentir l'eau couler. Il suffit de traverser la piste cyclable, dépasser les peupliers et descendre un peu sur le talus, on s'entend respirer.

C'est là qu'elle est venue un soir, ou bien un peu plus loin, qui peut savoir, alors qu'ils s'étaient disputés à propos de cheveux qu'elle avait décidé de couper court. Raphaël était comme fou, il avait pris la voiture et klaxonné partout. Il était arrivé très près, mais sans la voir en contrebas ; elle n'avait pas bougé. Un type en survêtement et moustache avait alors déboulé de l'un des grands buildings, avançant droit sur lui, sans expression, puis l'avait copieusement insulté.

Gérald Tenenbaum

Langage fleuri du prolétaire, paralysie du psychanalyste, Raphaël n'avait rien pour répondre, pas un mot en bouche. Le moustachu, trentaine d'années bien baraquée, l'aurait frappé si des gosses, ballons et esquimaux, n'étaient pas sortis des immeubles, alertés par le tonitruement. Raphaël est reparti sous les quolibets, non sans avoir par trois fois noyé son moteur. Sandra, sur son talus, n'avait ressenti ni pitié ni tendresse, à peine un serrement d'âme, un point de côté nostalgie.

Elle pousse la porte d'entrée, et vérifie la boîte aux lettres. Le DVD d'Amazon, elle avait tant pleuré au ciné-club, est arrivé. *Un petit cercle d'amis*, années soixante, Harvard, nuques dégagées, Vietnam, contestation, manifs, passions, liberté, engagements, arrangements, déceptions et retrouvailles… Si le passé nous est si cher, est-ce parce que la première fois d'un sentiment, comme le temps perdu, jamais plus ne se revit ?

Improbable que Raphaël accepte de regarder ça avec elle, ces soirées-là sont passées sans espoir de retour. Eau de rose, bluette, simplisme, il ne manquera pas de qualificatifs cinglants, regards édifiants et hochements de tête navrés. Mais s'il va travailler dimanche, il a toujours un article de retard, peut-être Marielle passera-t-elle dans l'après-midi. Elles n'ont pas de souvenirs de jeunesse en commun, mais, rires, larmes, silences et références, saveurs du soir, elles pourraient en avoir.

Avec ces pensées, elle ne peut que préparer un repas italien, tomates et mozzarelle, grosses crevettes surgelées, *fusilli al pesto* et peut-être, s'il a faim, ou envie, des escalopes milanaises, fines et longues.

L'Italie, paradis perdu, on la connaît sans y aller, elle n'est jamais loin, on la porte en soi. L'Italie, c'est une musique, un accord, friselis de la voix des grands-parents, attouchement du soleil, comme celui d'ici, mais avec une couleur de plus à laquelle les palettes d'ici n'ont pas accès, terre de Sienne, sauge, lavande, mélèze, céladon, bleuet.

L'Italie de Raphaël, c'est la Shoah, sauf qu'il y va tous les jours. Juifs lituaniens côté paternel, marocains du côté maternel, sa famille a été relativement épargnée par le génocide, mais son parcours professionnel l'a progressivement mené sur les chemins de la blessure, seconde, troisième génération, enfants des guerres et du silence, groupes de parole, cercles de discussion, non-dit, indicible.

Au début de la seconde Intifada, Raphaël a décliné une invitation à se rendre au Moyen-Orient pour un rapprochement entre professionnels de la santé mentale israéliens et palestiniens – deux peuples, une seule humanité, disait la lettre d'accompagnement. Un autre accrochage s'en est suivi, dont, pour le coup, Sandra se souvient précisément des enjeux.

Singularité, universalité, peut-être pas des thèmes de dispute pour un couple, mais ils l'ont fait. Si je m'immerge dans leur problème, avait plaidé Raphaël, rictus baroque au coin des lèvres, je perds les codes pour comprendre les miens. Cela avait mis Sandra en rage : les tiens sont les êtres humains, ou bien n'es-tu qu'un rat ? Le mot rat avait fait mouche. Larmes aux yeux, mais yeux menaçants, il avait fermé la porte de son bureau. Pour appeler sa mère.

La nuit, il avait voulu faire l'amour. Allongée sur le ventre, elle avait laissé faire, lèvres fermées.

Il est plus de dix heures, les tomates tranchées attendent dans le ravier, la mozzarelle a rougi. Raphaël passe le seuil, haleine courte, précédé par l'odeur de pipe. Depuis quelques années, il a pris l'habitude, ou l'attitude, de fumer la pipe en écoutant ses patients. Quelques-uns l'ont quitté, la plupart sont restés.

– J'ai faim, révèle-t-il, l'embrassant sur la joue.

Avec la pipe, à peine un peu plus tard, est venue la barbe, c'était inévitable. Chamarrée de quelques poils blancs à présent, marque de sagesse, estampille pour les petites phrases qui tombent comme ça, fin de séance, et que les patients désemparés emportent sous de pensives paupières en quittant le cabinet.

– Tout est sur la table, sers-toi, je viens de suite.

Sandra finit de laver des sous-vêtements, coton blanc, dans le lavabo de la salle de bains. Raphaël va s'asseoir, elle entend le cliquetis des couverts.

Soudain, plus rien, temps suspendu.

Puis le bruit sourd d'un corps qui tombe.

Elle se précipite.

Raphaël est au sol, yeux au plafond, main à la gorge, il étouffe. Un peu d'écume blanche macule sa barbe sillonnée d'argent. Son visage vire au pourpre. Sandra lui tape dans le dos. Il se glisse les doigts dans la bouche, yeux à présent révulsés. La peur est là, la panique.

Les voies de la mémoire sont impénétrables. Son brevet de secourisme lui revient après toutes ces années. Il s'agite, elle le retourne, serrant son dos contre ses seins. Il se débat, laisse-moi faire, je te sors de là. Il s'abandonne un instant, seuls les pieds persistent à tressaillir. Elle enfonce ses poings, estomac, sternum, on y est, elle tire, brusque, manœuvre de Heimlich, oui, c'est comme ça qu'on l'appelait, brusque, brutale, il faut de la force, elle a la force.

Une fois, deux fois.

Une fois encore.

Il crache, il tousse.

Il respire.

Une heure plus tard, sur le divan du salon, paupières closes, Raphaël affiche un sourire indistinct. Il n'a pas touché au repas italien, sauf une glace, stracciatella, que Sandra lui a apportée. Le froid l'a rasséréné.

– Tu sais, j'ai bien réfléchi, mâche-t-il enfin sans ouvrir les yeux.

– Oui ?

– Tout a un sens, ce qui est arrivé n'échappe pas à la règle.

– Si tu veux…

– J'ai failli mourir.

– Je sais, Raph, c'est si bête…

Il se redresse et la regarde en face, yeux grands ouverts, prunelles gris clair. Un temps, elle y voyait tous les reflets du temps.

– Justement, assène-t-il en détachant les mots, ce n'est pas si bête que ça.

– L'essentiel, c'est que tu sois là.

– Il y a un sens, il y a une raison. J'ai bien réfléchi, et pas que depuis aujourd'hui. J'ai mangé à contrecœur, à contre-courant. Ça y est, il s'y croit de nouveau. La tendresse s'effiloche, *e la nave va*.

– Il se passe quoi, là, Raph ?

– Les crevettes…

– Quoi, les crevettes ? Elles étaient fraîches d'hier.

Pas toute la vérité, mais à la guerre comme à la guerre. Raphaël prend une longue respiration avant de poursuivre.

– Ce n'est pas ça, tu ne comprends pas. Je suis resté trop longtemps loin de chez moi.

Sandra sent le rose lui monter aux joues. Elle voit venir la carriole depuis des mois, cahin-caha, peut-être des années, mais elle lui laisse encore une chance.

– Effectivement, Raphaël, je ne comprends pas.

– Il y a un moment que ça me trotte dans la tête, mais maintenant je suis sûr. Je veux placer mes pas dans les pas de mon père, comme mon père a placé ses pas dans ceux du sien… Chaque geste, chaque jour de ma vie, doit avoir un sens dans ma vie… Et se nourrir, tu comprends, ce n'est pas seulement se remplir l'estomac…

Il n'y a plus rien à faire, les dés sont jetés. Autant franchir le Rubicon.

– Mais crache-le, *Santa Lucia*, tu veux manger casher, c'est ça ?

– Effectivement, Sandra, c'est ça, exactement ça. Ce soir, c'était le signe, le dernier signe… Il faut écouter les signes. J'ai compris, je suis prêt.

Hors d'elle, elle argumente sous la ceinture, toute honte bue.

– Et, bien sûr, c'est moi qui m'y colle, puisque Monsieur n'a pas le temps ?

La véritable raison est ailleurs, elle le sait, il rentre dans sa famille, elle n'est pas de la famille, c'est indicible. Raphaël, lui non plus, n'ose pas.

– Comprends-moi, c'est important… Sandra…

Les années passées se mélangent d'un coup, comme une boule de temps qui viendrait rouler, lentement rouler dans la gorge. La rencontre, les semestres fac, il était brillant, maladroit, profond, exigeant… Son regard sans couleur trahissait des doutes, une angoisse dormante, comme une promesse de blottissement.

La défaite peut emprunter toutes les saveurs.

Elle caresse sa joue, demi-sourire, tendre amertume, et, frissonnant un peu :

– C'est rafraîchi, non ? Besoin de mon cardigan, là…

Montant à l'étage, elle fait un détour par le petit bureau, où elle n'entre plus souvent. C'est une pièce qu'elle a un temps rêvé de meubler bien autrement. Une chimère depuis longtemps blessée, qui a ce soir expiré.

Il n'y aura jamais ici de mobile au plafond, d'autocollants lumineux sur les murs, ni de boîte à musique sur le guéridon.

Aucune chance, décidément, de faire de cette chambre un jour une chambre d'enfant.

5

Il y a deux corps de bâtiments à traverser pour rejoindre l'escalier. Deux sombres corridors à suivre, séparés par une cour aveugle où résonnent pas et voix, et les silences aussi. L'ampoule du couloir du fond est brisée depuis des mois, personne n'a eu l'idée de la remplacer. Mais Alex préfère que les choses demeurent en l'état. L'obscurité est un havre. C'est la lumière, avec tous ses chatoiements, qui crée un danger permanent.

Il grimpe les cinq étages, odeur de bois et ciment qui se mouille au printemps. Le studio est nu, autant que faire se peut. Pas une affiche aux murs, ni bibelots ni livres, évidemment. Il entre, attendant le grattement familier de Trumeau, d'ordinaire fidèle à fêter son retour. Mais la fenêtre est entrouverte ; le chat noir et gris est sans doute à chasser silencieux sur la Bastille, la nuit est claire et l'appel pressant.

Alex ouvre le placard, la vaisselle est en piles, comme il l'a laissée. Il en extrait une des assiettes de faïence bleue, avec des grenouilles et un bœuf dessinés. C'est Marie-France, la directrice du foyer, le dernier foyer, qui la lui a offerte quand il a quitté, il y a des années.

Elle avait apporté le colis dans une grande boîte à chapeaux :

— Toi qui n'oublies rien, avait-elle susurré, tressaillement de ruisseau accroché à la pente, caresse d'eau vive sur le rocher, toi qui n'oublies rien, n'oublie pas, n'est-ce pas, n'oublie pas de manger.

Pour ouvrir le paquet, il avait attendu, cœur en apnée, qu'elle ait quitté la chambre. Il était prêt à tout emporter à la décharge, dès dimanche prochain, au petit matin, avant que les éboueurs ne viennent vidanger leurs bennes. Les objets identiques, doubles, triples ou séries, lui sont insupportables. Mais, dépliant un à un les papiers de soie, il avait contenu les larmes tant qu'il avait pu, puis les avait laissées couler comme elles étaient venues : c'était, renard, corbeau, âne, lion, loup et agneau, une déclinaison des fables de La Fontaine.

Avec des dessins tous différents.

Il y a douze assiettes, qu'il a conservées toutes ces années. Celle qu'il tient en main est la première qu'il avait déballée. Debout au centre de la pièce, tommette rousse au sol, il la lâche, tous sens éveillés. Comme au ralenti, elle tente un rebond avant de se briser en éclats.

Le bruit s'imprègne en lui, résonne au plus profond, et les derniers mouvements de chaque fragment, avant l'immobilité. Ensuite, accroupi sous l'halogène à plein régime, dernier résident de ces ruines privées, il fixe d'un seul tenant, dans ce champ désolé, tous les événements de la journée.

Une demi-heure suffit, tout est terminé. Une séance ordinaire, dispositions d'objets familiers, souvenirs intimes, couleurs infimes, aurait pris beaucoup plus longtemps, avec tout ce qui s'est passé.

Marie-France l'a serré dans ses bras avant le départ, chaleur du cœur, embrun de mère. Depuis ce terrible juillet, Anna s'était murée dans le silence, clinique, hôpital, abattement, prostration, désaffection de soi, puis l'absence, l'irréparable absence. Respirant la saveur de cette peau si proche, il a palpé le comble, puis le manque.

Trumeau est rentré entre-temps, coupable de quelque crime, certainement, puisqu'il n'a pas touché à sa pâtée. D'un bond depuis le fauteuil de tissu défraîchi, il s'est installé sur le manteau de la cheminée, dans cette position qui lui a valu son nom, immobile ornement surgi d'une marqueterie surannée.

Tant qu'Alex a œuvré, il n'a pas vibré, les zébrures gris et noir de son pelage offrant comme une once de clémence à l'impitoyable clarté du lampadaire.

61

Le jeune homme assassiné se prénommait Bastien, il l'a retrouvé, insondables couloirs de la mémoire, à travers les fragments brisés de son dernier souvenir d'enfance. Et Bastien, qui fréquentait un club de boxe à Échirolles, revendait de l'herbe à l'occasion, peut-être même un peu de poudre.

La journée est finie. Trumeau, délicat, descend de son perchoir et vient se lover sur les genoux d'Alex.

Il faut encore revenir à ce soir d'été, quand son père lui a rendu visite. Il avait quatorze ans, au foyer de Vienne.

Il est arrivé à l'improviste ; ses grandes mains velues lui pendaient stupidement des épaules comme des pelles rouillées au râtelier. Il avait des cheveux blancs, quelques fils d'argent récemment apparus, et un drôle de sourire qu'Alex ne lui connaissait pas. Sa langue allait et venait entre ses lèvres, bouche sèche ou café trop amer.

On y reviendra, on y revient forcément. Mais là, ayant gagné du temps, ayant payé le prix, il s'accorde un moment de répit. Il l'a conquis, c'est à lui. Dans le tiroir de la commode, il saisit son Rotring qui depuis la veille attend, rempli d'encre de Chine.

Il ne sait pas former les lettres, il ne sait plus, mais il dessine.

Depuis quelques mois, toujours le même visage, yeux profonds nostalgiques, lèvres pulpeuses à tout comprendre.

Sandra.

6

Avant de se réveiller tout à fait, sans même ouvrir les yeux, elle sait s'il est encore dans le lit.

Il n'y est plus.

Raphaël se lève de plus en plus tôt. Dans un ordre immuable, il effectue les petits gestes qui amorcent la journée, prendre sa douche, faire le café, s'habiller, avaler debout, rictus acide, courtes gorgées, le sombre breuvage, sortir un instant, sauf s'il pleut, tasse en main sur le balcon, revenir au salon pour y lire le journal, juste les titres sans lâcher la tasse, rincer les ustensiles dans l'évier sans rien essuyer, et, même s'il n'y a aucun rendez-vous noté, mettre le cap sur le cabinet.

Depuis quelques années, il porte à nouveau la cravate. Sandra l'avait converti, du moins l'a-t-elle un temps cru, aux cols roulés, gilets et polos, teintes italiennes, suavité, moire et variations ; il les a relégués sur l'étagère du bas, leur préférant chemises claires et vestons unis.

Serrant encore son oreiller des deux bras, elle ouvre une paupière et jette un coup d'œil au réveil. La matinée est entamée. C'est la nuit qui s'est prolongée, rêves témoins, rêves refuges, dont elle ne se souvient plus, perdus, tout aurait si facilement pu tourner autrement.

Elle s'assied au bord du lit. Ôtant par la tête, comme on s'ébroue, le T-shirt coton qui lui sert de chemise de nuit, Sandra s'extrait des draps et ouvre les rideaux. L'horizon est clair. Sous les reflets changeants, l'Isère compose le printemps.

Pas faim, à peine soif. Elle prendra un café au distributeur en arrivant pour son cours de seconde année. Dans l'armoire en pin naturel, dont la porte miroir grince depuis toujours, c'est plus éprouvant le matin, elle choisit la chemise blanche cintrée et le pull-over anthracite en cachemire fin. Elle attrape ensuite dans la penderie la jupe de laine froide, histoire de sortir enfin les ballerines noires à barrettes et talons plats qui ont passé l'hiver à attendre sagement que le temps se lève.

Il n'est pas encore l'heure, elle peut aller à pied ; une balade en talons plats, c'est parfois vital.

Il reste un peu du café que Raphaël a préparé. Se ravisant, l'odeur sans doute, elle s'en verse une demi-tasse, yeux dans le vague, aimantés par-delà la cloison.

La sonnerie du mobile la fait sursauter. *Le train sifflera trois fois,* si toi aussi tu m'abandonnes…

Marielle a besoin de parler.

Crise de vocation, regard sur soi, carence de foi. Elle peint, elle dessine, elle a rempli des carnets et des cartons. Les morphèmes et les phonèmes, à côté de ça, ne font pas le poids. Sa thèse est en bonne voie, mais ça n'est pas sa voie. Dès qu'elle regarde par la fenêtre, l'envie lui prend d'ouvrir à tous vents.

Et puis, parlant de ça, elle a rencontré un type, un oiseau libre, avec de grands yeux tristes. Qui dessine aussi, évidemment.

Sandra sait d'où parle son amie, même si son propre dilemme est ailleurs. Elle prend le temps.

Le temps passe.

Il n'y a plus de temps.

– On déjeune tout à l'heure si tu veux…

– Oui, je veux… Tu sais, au fond, il n'y a que toi…

– Alors, à la cafét', ou bien tu passes dans l'amphi, comme d'hab !

Elle raccroche, regard perdu du côté de la fenêtre, au-delà du cadre.

Soupir.

D'une main absente, elle rassemble ses cheveux. Une mèche lui retombe sur les yeux. Cette fois, pour la balade, ce sera trop court. À contrecœur, elle prend l'auto.

Son cours est prêt, feuilles annotées dans son sac, familles de mots, comment on les acquiert, comment on les retient, comment on les oublie, et avec quoi.

Les étudiants des derniers bancs, tout en haut de l'amphithéâtre, s'agitent en silence. Certains rangent leurs affaires. Les autres, vers le bas, continuent studieusement de prendre des notes. Sur le mur de côté, la grosse pendule à taquets indique midi moins quatre minutes. Au tableau noir, un titre souligné, en haut à gauche : notions de consistance, régularité, fréquence des correspondances. Viennent ensuite quelques schémas, flèches et mots encerclés : orthographe, sonorité, phonie, graphie, actualisation, voisinages.

Chemise blanche et jupe grise, Sandra est assise sur le bureau et parle avec douceur, ton de conversation. Par intervalles, elle remue les jambes, petite fille sur une balançoire.

Le rétroprojecteur, en contrebas de l'estrade, émet un bourdonnement de diesel. Sur l'écran, des diagrammes illustrant les notions de proximité linguistique : orthographique, phonologique, consonantique, corps et têtes de mots, tous les cousinages, toutes les fraternités, tout ce qui lie entre eux ces objets étranges liant les hommes entre eux.

Elle se retourne, contemple un moment la diapositive, prend le temps de la réflexion, et poursuit, à la frontière de l'intime.

– Vous voyez, nous sommes comme des voyageurs sur un océan de formes et de sens. Mais chaque forme fait sens et chaque sens prend forme. Notre travail consiste à comprendre le comment. Le pourquoi est sans doute inaccessible, comme la nature de l'âme…

Elle s'interrompt, happée par le silence soudain installé. Même les plus pressés ont cessé de garnir leurs sacs à dos. Demi-sourire aux yeux, elle poursuit :

– … Et le problème de l'âme est devenu très compliqué depuis que l'on a appris que même les femmes en ont une…

Murmures, rires étouffés, accompagnés de quelques applaudissements.

– Bien. Cela étant acquis, la semaine prochaine, nous examinerons les chemins secrets qui nous permettent de naviguer sur cet océan de formes. L'un d'entre eux porte un nom très commun : la mémoire. Vous verrez que nous sommes bien ignorants. Allez, bon week-end !

Sur ces mots, souple, elle saute du bureau. Son regard accroche, tout en haut, la porte qui vient de s'ouvrir, éclaboussant d'un rai de lumière incongru les rangées de pénombre. Apercevant Marielle, un gigantesque carton à dessins sous le bras, elle ajoute à la cantonade :

– Je distribuerai le sujet de devoir en TD, mais vous pouvez commencer à y penser : il faudrait rassembler des données sur le syndrome de Targowla.

Déjà debout pour la plupart, les étudiants affichent un air décontenancé. L'un d'eux lève la main.

– Oui, Thiébaud ?

– Targowla, madame, c'est quoi ?

– Une des névroses traumatiques de guerre, étonnant, vous verrez, hypermnésie émotionnelle, accès violents, paroxystiques, effets retard… Il y a de quoi faire, et surtout de quoi réfléchir.

Quelques instants plus tard, Marielle et Sandra sont assises à la cafétéria. Il fait encore un peu frais, mais plusieurs groupes se sont installés dehors, sur les chaises en plastique. Bien sûr, ils fument.

Les deux amies ont choisi l'intérieur, tables mélaminées, pieds de métal, dossiers de bois moulé. Il y avait une file d'attente devant le comptoir pour les commandes. Elles ont préféré patienter sur place avant d'aller chercher leur salade.

Marielle est blonde aux yeux gris-vert, coupe garçonne très courte style Jean Seberg, lèvres épaisses à bout de souffle, mince de buste, avec des hanches larges et des jambes un peu droites. Elle ne porte que des jupes et des talons hauts.

Ses états d'âme sont symptomatiques de l'état amoureux.

– Il était architecte, confie-t-elle, cabinet de groupe sur Lyon, travaux publics, gros contrats, employés, secrétaires et tout et tout. Un jour, il a revendu ses parts à ses associés qui n'en sont pas encore revenus. Et à présent, il peint.

Sandra se méfie, l'art pour l'art, aujourd'hui, cache souvent d'autres desseins.

– Tu as vu ?

– Bien sûr, enfin, juste des croquis, les grandes huiles sont en Amérique du Sud pour une expo.

– Toutes ?

– Je ne sais pas, en fait. Mais, oui, je suppose que oui.

– C'est comment ?

– Plutôt abstrait, des taches de couleur, des horizons, des cadres, des ruptures dans la matière, dans la texture, très intense, très pur.

– Il est marié ?

– Comment tu le sais ?

– Je ne sais pas, ça m'est venu comme ça quand tu as parlé des cadres et des ruptures…

Marielle lui sourit, comme aux anges, l'air de dire que ça n'a pas d'importance, pas encore, pour l'instant il met de la couleur dans ma vie.

Sandra n'a pas le temps d'insister, si toi aussi tu m'abandonnes, plus rien au monde et plus personne, son mobile se met à vibrer.

C'est Fulvio.

– *Ciao bella*, ton cours s'est bien passé ?

– Tu connais mon emploi du temps par cœur, Fulvino ?

Marielle l'interroge du regard pour savoir si elle doit s'éloigner. D'un battement de cils, Sandra lui signifie qu'elle peut rester, tout va bien comme ça.

La voix rocailleuse reprend, crooner suranné, sensuel à craquer :

– Tu sais que je ne connais rien, mais il y a certaines choses que je sais… Dis, tu n'as pas envie de partager un *prosciutto con melone* ?

Sandra lève les yeux vers Marielle, touche de contrition aux lèvres, ombre d'hésitation.

– D'accord, gazouille-t-elle à son interlocuteur, le temps d'arriver.

Une chance, finalement, qu'elle soit venue en voiture. Marielle prend bien les choses, on se revoit bientôt, pas de souci. Peut-être même est-elle légèrement soulagée d'échapper dans l'instant au regard acéré de Sandra sur son séraphique archi.

L'heure des infos, comment va le monde quand la nature refleurit, et pour qui. Au volant, Sandra est tentée d'allumer la radio, mais résiste.

Tant de pensées affluent.

Des semaines qu'elle n'a pas vu Fulvio, c'est l'occasion. Mais il y a ce rendez-vous au labo en début d'après-midi, qu'il ne faut pas oublier.

Sourire intérieur, sans indulgence. Ne pas oublier, c'est précisément le thème du rendez-vous en question. Il y a tant de gens auxquels la mémoire fait défaut, et d'autres, délaissés, sur lesquels elle pèse comme un couvercle. Si elle peut apporter sa lumière, si ténue soit-elle, comprendre comment, deviner pourquoi, soulager la souffrance, même à peine, toutes ces théories qui l'accompagnent à longueur d'année se trouveront d'un coup légitimées.

Il fait clair. La circulation est encore dense, certains rentrent à la maison pour déjeuner, d'autres quittent leur entreprise pour le restaurant ou le footing. Rue Gabriel-Péri, Sandra hésite, puis renonce à tourner à gauche vers la rocade. Même si c'est un peu plus long, elle ira par les petites rues, il y a des jours comme ça, le chemin des écoliers vaut mieux que deux tu l'auras. Et Fulvio sait attendre.

Il approche la soixantaine à présent, il a pris quelques cheveux blancs, mais, entre ses demi-lunes et ses longs cils napolitains, son regard ténébreux n'a rien perdu de sa vivacité. Ni de son charme.

Leur première rencontre aurait pu tourner au drame.

Vingt ans déjà.

Quelques mois à peine avant que Dino, son père, ne rende les armes au crabe qui lui rongeait les poumons. Il était déjà à l'hôpital, soins intensifs, assistance respiratoire, voie veineuse, tuyaux bigarrés, regards exilés.

Elle avait passé la soirée chez son amie Coralie, petite fête sage pour filles sages, même pas un joint, Jeanne avait fait une charlotte au chocolat et Lilas un clafoutis. Il y avait aussi Tristan, petit béguin d'avant bac, impeccablement partagé entre les jupons tranquilles, et Charles Avanissian, qui les assommait tous avec ses origines arméniennes et sa recherche leitmotiv d'une « âme sœur, mais d'Erevan ». Des années plus tard, elle l'avait appris par hasard, il avait trouvé.

Le passé ressurgit debout au détour du chemin. Ils avaient consacré une bonne partie de la soirée à se disputer autour du clip de Madonna, *Like a Prayer.*

Pourquoi ces souvenirs-là remontent-ils aujourd'hui ? Femme blanche et pure qui enflamme les croix, homme noir que tout accuse encore une fois, prière, conscience, remords, témoignage enfin… Portes de prison s'entrouvrant au ralenti, et Madonna qui se donne à Martin de Porrès, le saint basané de la charité, dont on chuchote en cour de récréation, ron et ron petit patapon, qu'il a hanté ensemble la Chine et le Japon.

Quant à la raison de la dispute, elle s'est fondue dans la nuit.

Elle était rentrée à pied. Il pouvait être une heure du matin, une heure et demie. En remontant l'avenue La Bruyère, elle a coupé par le parc.

Deux types, un jeune et un moins jeune, quarantaine mal rasée, l'ont coincée après la clairière, là où les fourrés se resserrent. Elle a proposé son sac. Ils ont ricané. Souffle court, quand ils l'ont agrippée, elle a murmuré :

– Laissez-moi, j'ai mes affaires, il y aura du sang partout.

Le plus jeune, elle l'a senti, a relâché la pression, flottement, presque tremblement. Mais l'autre a raillé :

– Laisse tomber, cette excuse-là, elle est vieille comme le monde. C'est pas aux vieux singes, ma pouliche…

Alors, elle a fermé les yeux et rassemblé tout ce qui lui restait d'air au fond du ventre. Peut-être à cause de son père, qui lui avait chanté des mots dans cette langue-là, c'est en italien qu'elle s'est mise à crier, *aiuto, aiuto, aiutatemi,* toute seule dans la nuit.

Fulvio, l'Italien tout frais venu d'Italie, est sorti de nulle part. Il n'y avait personne, l'instant suivant, il était là.

On a entendu deux bruits secs, comme les branches qui cassent en hiver. Elle a ouvert les yeux. Les deux agresseurs, le jeune et le moins jeune, ils ne se ressemblaient pas, étaient allongés par terre, à lézarder en grimaçant entre les aiguilles de pin et les petites herbes jaunes.

Fulvio avait les cheveux longs. Il lui a rendu son sac ramassé dans l'allée et, se frottant les mains, il a proposé, voix grave et posée :

– *Ti riaccompagno a casa, ragazza mia* ?

7

Le jour est déjà haut quand il ouvre les yeux.
Comète spirale alanguie, le chat n'a pas bougé,
indéfectible présence, corps sur la couverture,
tête sur le drap. Sans le déloger, Alex se lève et prépare
son café.

Au premier bruit, Trumeau le suit, yeux affûtés,
queue en périscope. Dès le liquide filtré, Alex vient
s'asseoir au bureau et classe les esquisses aux traits
appuyés. Il pourrait aussi bien les détruire, personne
n'est censé les voir et, pour les retrouver, il n'aura
jamais besoin d'ouvrir un tiroir.

*Elle ressemblait à maman, mais elle riait plus
souvent. Luciano avait deux filles, Anna et Maria.
Dans les premières années, Maria nous rendait visite
depuis l'autre versant.*

Il n'est pas encore habillé quand on sonne au portail.
C'est Paco, qui passait dans le quartier. Comme il a

fait des courses, il en a pris aussi pour Alex, ce n'est même pas un effort, à charge de revanche.

Alex lui offre un café, il préfère un verre d'eau, habitude héritée des temps Fédor et qui fait encore sourire Vassili.

– Vassili a des problèmes avec l'association, lâche Paco, comme un commentaire du temps.

Le temps qu'il fait, on n'en peut mais. Des années Fédor, Vassili a conservé d'inaltérables liens avec les Russes d'Ugine, les petits-enfants de ceux qui sont arrivés dans les années vingt, Tistchenko et tous ceux de la stanitsa d'Ouroubskaïa, un village parmi tant dans la terre des armées cosaques. Ils ne sont plus tous à Ugine aujourd'hui, loin s'en faut, mais on les nomme encore comme ça, les Russes d'Ugine, parce que l'aciérie leur a donné un contrat de travail, un toit et la possibilité de recommencer.

Dima, le père de Fédor, était l'un d'eux, officier enrôlé dans l'armée blanche du grand Piotr Nikolaïevitch, le baron Wrangel qui a percé le front rouge et menacé le Donbass. Il l'aurait suivi en enfer. Il l'a accompagné dans la retraite de Crimée, puis jusqu'à Gallipoli où, des mois durant, ils ont attendu la reconquête dans la boue et la nostalgie. Mais la reconquête n'est pas venue, il a fallu abandonner le Don et l'Oural pour la Savoie.

Les Russes d'Ugine se sont installés, la Savoie est accueillante, cercle, bibliothèque, école de danse et de musique, troupe de théâtre. Quand l'espoir de retour a faibli, ils ont bâti une église à l'entrée des gorges de l'Arly. Ils ont même trouvé une iconostase pour remplacer les draps blancs qui en faisaient office des années durant. Ils ont ensuite naturellement créé une association, puis deux, car, même enfants de blancs, on ne mélange pas longtemps cosaques et aristocrates.

Deux pour la même mémoire, c'est un de trop. Depuis ce temps, Dima, Fédor, Vassili et les fidèles compagnons de Piotr Nikolaïevitch ont « des problèmes » avec l'association.

Paco, lui, ne vient de nulle part, ou bien il a su l'oublier. En garnissant son réfrigérateur, Alex l'observe du coin de l'œil. Il est léger, léger de passé. Il faut être fort, sans doute, depuis l'enfance, pour un jour balancer son sac à la mer. Alex ne pourra jamais faire ça tout seul. Et même avec de l'aide, comment se défaire d'un tel bagage ? Comment opérer quand on connaît le contenu par cœur, à ce point que le fantôme du sac pèse aussi lourd que le sac ?

Quand tous les voisins ont quitté après la veillée, il était couché ; on couche toujours les enfants plus tôt, même ceux qui doivent repartir, qu'on enveloppe ensuite dans des couvertures. Les enfants couchés pendant les fins de veillées ne dorment pas, ils entendent les voix des grands, les bruits de verre, les rires et surtout les silences.

Il n'y aura que Paco pour l'épauler, mais il n'y aurait, il le voudrait tant, que Sandra pour l'aider. À condition que Sandra le voie autrement que comme une source de données, diagramme sur papier millimétré, spécimen, échantillon.

Paco boit en silence. Il y a des gens comme ça, qui ne font pas de vagues, qui ne respirent pas l'air du voisin, qui sont simplement là, quand il faut, pour tendre la main.

S'il osait, Alex lui parlerait de Sandra, tant pis pour les souvenirs dédoublés, ça fait ça quand on les raconte, échos de mémoire narquois ouvrant sur des abîmes sans fond. Paco esquisse du regard comme une tape sur l'épaule, mais pour avancer ensemble.

– Paco, je veux te dire…

Paco a senti que c'est délicat, il tourne son regard vers le chat. Alex peut poursuivre. Il n'a jamais évoqué Sandra devant personne.

– Il y a une femme…

Paco s'est penché, il a glissé son index replié entre les babines de Trumeau, qui du plat de ses coussinets entreprend de jouer avec.

Alors qu'il va se lancer, le visage de Sandra apparaît, un doigt sur la bouche, tout ça, même si je ne le sais pas, peut-être pas encore, ça reste entre toi et moi.

C'est assez pour le faire renoncer.

– Il y a une femme… étrange en Maggy, une femme qu'on n'a jamais vue aux *Deux Mondes*.

Paco fronce les sourcils. Il a sans doute perçu le vacillement, mais ne relève pas. Quand on n'est pas invité, on n'entre pas.

– Tu es sorti avec elle, hier soir ?

– Elle avait besoin… besoin de moi… Tu savais qu'il y a eu un assassinat dans le parc Mistral ?

– Pas encore lu le journal ce matin, mais non. Quelqu'un qu'on connaît ?

– Un jeune, oui et non, il venait de temps en temps.

– On voit tellement de monde, il n'y a que toi pour les garder tous.

Alex aspire soudain l'air qui lui manque, comme quand on est petit, après les sanglots.

– Je sais, ne t'en fais pas, lance Paco en se relevant, en tout cas pas pour ça.

Trumeau se lève aussi, puis se ravise et bondit sur la cheminée dans sa position fétiche, dressé sur son séant, la queue en socle, bien enroulée.

– Au fait, Paco…

– Oui ?

– J'aurai peut-être un peu de retard cet après-midi.

– *No problema, amigo mío.*

– Des courses à faire, ajoute Alex, évitant de regarder vers le réfrigérateur.

Lorsqu'il perçoit, quelques instants plus tard, les pas feutrés de Paco glisser sur l'escalier, Alex marque ce souvenir d'une image d'enfance, vipère dans les prés à la fin de l'été. Quand on n'a qu'un ami, ou si peu, lui mentir, ce n'est pas peu.

En début d'après-midi, Alex se rend en tram à son rendez-vous. À chaque fois qu'il débarque sur le campus, il est frappé par l'odeur âcre et fétide imprégnant l'atmosphère. Il n'a pas osé demander, mais il a entendu les étudiants en parler, les engrais des Voûtes, mais c'est un peu loin, ou bien une usine dans les environs, peut-être du papier, de la chimie certainement. Les habitués s'y font, jour après jour, mais, lui qui ne vient pas assez souvent, se retient de respirer.

Les enfants couchés pendant les fins de veillées ne dorment pas, ils entendent les voix des grands, les bruits de vaisselle et de verre, les rires et les silences.
Tous les voisins avaient quitté.
Il était couché.
Ange et Anna, papa, maman, sont venus le border, difficile de s'endormir autrement. Il a demandé une photo de Maria. Ange a fait comme s'il n'entendait pas.

La bibliothèque universitaire est en face, qu'il pénètre en humant le bois et le papier, mais imprimé, qui sent différemment. Les mêmes photographies de femmes en noir et blanc garnissent les piliers du grand hall. Elles sont toujours là pour l'accueillir, identiques, femmes balises, tu nous reconnais, tu es reconnu, c'est par ici, c'est par là, au moins, nous, vois-tu, nous ne changeons pas, si tu veux, c'est pour toi.

L'une d'elles, sans doute une actrice italienne, porte un bandana autour du cou, chimère de Maggy et Sandra. Son regard vogue au loin, improbable dosage d'aspiration et de défi .

Il y a aussi des images de profils oubliés, yeux soulignés, sourires surannés du cinéma muet, et plus loin ce visage pensif à la cigarette, reposant sur une main en coupole.

Un peu à l'écart, cette jeune femme-là, si naturelle, chevelure frisée et sourcils épais, lui réitère à chaque visite une promesse silencieuse et fluide sur l'indicible partage du poids du souvenir. On lui a dit, quand il l'a demandé, qu'elle se prénommait Etty et que son destin fut brisé.

Ange a fait comme s'il n'entendait pas. Anna s'est retournée.

Il avance. Les couloirs sont profonds. La lumière transpire par les fenêtres empoussiérées.

Depuis ce terrible juillet, Anna s'était murée dans le silence, clinique, hôpital, abattement, prostration, désaffection de soi, puis l'absence, l'irréparable absence.

C'est ici, au troisième niveau, que Sandra l'attend, par-delà les salles de lecture transparentes, après les galeries de rayonnages ponctuées d'abat-jour indifférents. Il y a des espaces de travail vitrés, c'est là qu'ils se retrouvent, aux yeux de tous, mais aux mots d'eux seuls.

Il est arrivé.

Pas elle.

La porte est ouverte, il hésite à entrer.

Tout autour, les étudiants vont et viennent comme des poissons dans un aquarium géant, errant naturellement, souvent seuls, parfois par deux. Il y a ici des milliers de livres, et des centaines de gens qui les recherchent, les prennent en main, les parcourent, les soupèsent et les emportent.

Immergé dans ce monde auquel il n'appartient pas, illisible, inaccessible, il respire mal. Seul ce recoin à la paroi de verre lui promet un havre. L'espace voisin est déjà occupé.

Il entre.

L'heure du rendez-vous est passée. Sandra est d'ordinaire ponctuelle ; sans doute aura-t-elle eu un empêchement, peut-être juste un contretemps.

Alex s'assied et clôt les paupières.

Ces moments de répit lui sont indispensables, comme lorsqu'on montait aux granges vers la fin mai. Jamais plus tard, parce qu'après l'herbe n'est pas si bien pour les bêtes.

C'étaient les femmes et les enfants qui les menaient aux granges, moutons et génisses, chacun son champ, chacun sa montagnette, les enfants couraient et les femmes avançaient, foulards sur la tête ou noués autour du cou. Elles passaient la jambe en avant, sous leurs grandes jupes de toile, certaines prenant appui sur un bâton, d'autres sur leurs cuisses, un peu au-dessus du genou, pour s'aider toutes seules à grimper.

Il venait toujours un moment où les femmes continuaient d'avancer mais les enfants n'en pouvaient plus. S'ils étaient assez haut, ils trouvaient un abri entre les sapins ou derrière un rocher, petite maison improvisée, et s'allongeaient face au ciel, jambes repliées, alors que les femmes poursuivaient avec les bêtes en s'appuyant.

Rien qu'en fermant les yeux, Alex retrouve la paix de ces haltes forcées. Les muscles qu'on avait senti durcir comme des jambes de Pinocchio se déliaient dès qu'ils étaient relâchés, à se faire oublier.

Seul, dans la petite salle vitrée où le silence s'est engouffré, Alex hume l'air des montagnettes, qui finissait par brûler dans la poitrine, chaque mai quand on grimpait, chacun pour soi vers sa grange, mais qu'on s'élevait tous ensemble.

Entendant la poignée de la porte tourner, il sait que c'est elle, mais sans craindre son regard étonné il résiste encore un peu et garde les paupières baissées, refusant de quitter sur-le-champ ce temps dépassé, quand les mots étaient plus rares et l'air plus léger.

– Alex, vous dormez ?

Il n'y a plus à résister.

– Non, excusez-moi.

– Mais il n'y a pas de mal, c'est moi qui devrais m'excuser, pour le retard.

– C'est égal.

Sandra prend place derrière le bureau, une table les sépare. Elle ouvre son cartable et sort son cahier. C'est un petit carnet bleu corné, mais qu'elle n'utilise que pour lui. On place sa fierté où l'on peut.

Elle lui sourit :

– Alors, on reprend ?

Elle a de belles mains, fines, mais un ongle est cisaillé, probablement depuis peu, le bord est tout blanc.

– Je suis là pour ça…

– Ça ne va pas ?

Il n'en avait pas conscience, elle le dit, la réponse fond soudain sur lui.

– J'ai un peu perdu l'espoir…

– Pour la lecture ?

– Pour la lecture aussi.

Sandra ôte ses lunettes, et prend le temps de la réflexion.

Il l'observe l'observant. À regard nu, ainsi, le voit-elle mieux ou moins bien ? Et qui voit-elle exactement, une mémoire qui bégaie ou un homme qui se débat ?

Elle sort son stylo, dessine un cercle, puis une ligne qui s'en écarte par le dessous et file vers la gauche, une ligne qui revient, une flèche qui pointe vers hier.

— Le cercle, précise-t-elle doucement, c'est aujourd'hui, c'est… vous, entouré de tous ces souvenirs qui forment comme un mur autour de vous.

Sourire amer en lui, au plus profond. Fou qu'il est, comme ces brebis quittant parfois le troupeau pour se jeter dans le ravin, il a espéré, un instant, qu'il allait entendre « le cercle, c'est nous », mais pourquoi sortirait-il du lot, qu'a-t-il pour attirer une femme comme elle, qu'a-t-il, avec tous les problèmes qu'il a, qu'a-t-il à offrir à Sandra ?

— Si vous voulez…

— Bon. Je n'en sais rien au fond, mais essayons de partir comme ça. Cette flèche, qui remonte, elle doit bien s'arrêter quelque part ?

— Je ne sais pas.

— Les lettres… À l'école du village… Vous aviez appris à lire.

— Je crois que oui, il faudrait demander à M. Drapier, il saurait dire. Il faisait les trois cours, on était tous ensemble. Je crois que oui.

— M. Drapier ? C'était l'instituteur ?

— Bien sûr.

– Vous n'aviez jamais donné son nom. Je peux lui écrire. Il ne me manque…

– Ça je ne sais pas.

– … que le nom du village.

– Il y en avait plusieurs, qui entendaient la même tronçonneuse dans la vallée.

– Il faudrait trouver un fil à tirer.

– Je peux glober… tenez, cette affiche-là, sur le mur, je pourrais la redessiner de mémoire, vous sauriez la lire, moi pas.

Sandra se lève, et va chercher un gobelet à la fontaine d'eau potable dans le couloir. Il la regarde marcher, de dos à l'aller, bras croisés, de face au retour, yeux fixés sur l'affiche.

Elle pose le gobelet sur la table et rougit.

– Oh, pardon Alex, vous en vouliez peut-être ?

Il a soif, effectivement, à cet instant, la gorge sèche.

– Non, merci. C'est bien comme ça.

– Bien. On n'y arrivera pas tout droit, c'est normal. Racontez-moi la journée d'hier, mais en vous concentrant sur l'essentiel, en supprimant les détails. Je sais que c'est difficile.

Alex est soulagé, on s'écarte de la zone rouge. Mais retisser le fil sans revoir le film lui demande un effort immense.

Il essaie tout de même, en occultant l'épisode Nathalie, à cause de la fuite infinie qui lui provoque des nausées. Il retrouve comme en flânant le bouchon doseur qui a éclaté avec les cloches, puis décrit un à un les clients.

Sandra lui fait signe de condenser. Il parvient enfin, après les filles aux Corona et le couple couronne barrette, à l'arrivée de Maggy.

Il transpire.

Sans l'interroger, Sandra va remplir un gobelet à la fontaine et le lui tend, sourire esquissé. Il le vide d'un trait, tout à son effort.

– À la fermeture, elle est revenue vous chercher ? demande-t-elle ensuite, tournant consciencieusement une nouvelle page du cahier corné.

Un jour viendra peut-être où Sandra lui parlera sans noter. C'est ainsi, n'est-ce pas, que l'on s'adresse généralement aux personnes.

Maggy le voit autrement. La solitude, décidément, est un terreau poreux qui laisse sourdre les sentiments.

On avait passé la soirée à gromailler les noix pour plus tard en faire de l'huile, mais les enfants passaient entre les grands pour prélever leur écot, comme un impôt, mains tendues en panier, tant qu'ils pouvaient rester sérieux. Toutes les familles parlaient de ceux de la famille qui étaient absents, même les absents depuis longtemps.

Alex revient aux trois chênes, à la nuit, aux photographies et à l'écharpe blanche. Il a, depuis, extrait de sa mémoire – qualifiée d'eidétique par Sandra, il ne sait pas lire, mais il connaît des mots rares – le prénom de Bastien, et quelques contacts chez les revendeurs occasionnels, le petit monde de la boxe de banlieue.

– Il s'entraînait à Échirolles, chez un Italien, un type discret, qui a monté un club il y a une vingtaine d'années. Mais il n'y allait pas assez souvent pour vraiment progresser.

Sandra pose ses lunettes à nouveau. Ses lèvres hésitent entre sourire et tremblement.

– C'est lié à sa mort ?

– J'ignore. Quand je reverrai Maggy, je lui en dirai plus, elle en saura plus, moi aussi.

Sandra ne répond pas. Elle triture le bouton du haut de son chemisier et regarde Alex comme elle ne l'a jamais regardé. Au bord de ses lèvres pâlies, il sent une autre question, mais qui ne vient pas. De la montagne, Alex a gardé le respect du silence, cela ne le gêne pas. Il peut soutenir un regard sans se sentir obligé de meubler avec des banalités ou façonner des mines.

Ses parents sont venus le border, difficile de s'endormir autrement. Il a demandé une photo de Maria. Ange a fait comme s'il n'entendait pas. Anna s'est retournée, puis, doucement, elle a quitté la chambre.

Un ange passe.

Sandra se lève :

– Excusez-moi, j'ai oublié une réunion importante. Je vais prévenir, je reviens de suite. Vous voulez un autre verre d'eau ?

Il secoue la tête, il ne veut rien, rien qui vienne comme ça.

Sandra quitte le petit bureau transparent, Alex reste dedans. Il lui suffit d'un instant pour mémoriser tous les objets de la pièce, depuis l'affiche indéchiffrable, qu'il globe d'un coup d'œil, les images s'enchaîneront plus tard, jusqu'au stylo posé sur le carnet, en passant par le mobilier, chaises en bois capitonnées, table plaquée merisier.

Alex attend Sandra. Les étudiants passent devant lui sans faire attention. Une fille à nattes, eurasienne, anorak et bonnet, passe la tête : elle a des révisions, elle voudrait savoir quand la salle d'étude sera libre.

– Je ne sais pas, murmure Alex en réponse, je ne suis pas d'ici.

Il y a quelques feuilles blanches détachées sur la table. S'il osait, il dessinerait, mais il n'a qu'un sujet, il n'osera jamais.

Ange a fait comme s'il n'entendait pas. Anna s'est retournée, puis, doucement, pas à pas, elle a quitté la chambre. Il l'a entendue ouvrir le tiroir du buffet de l'oûtô. Ensuite, pas plus fermes sur les marches d'escalier, elle est revenue avec une photo de Luciano qui tenait par les mains ses deux filles…

Longtemps est passé.

Sandra réapparaît. Le rose lui est revenu aux joues. Elle s'assied et ferme son cahier. Alex n'y croit pas.

– Je crois, dit-elle, que nous tenons une piste.

Alex reste muet.

– Il faudrait explorer comment les souvenirs de ce… Bastien, c'est ça ?, ont émergé au moment, précisément, où Maggy les a demandés.

Alex ne comprend pas. Elle a deux perles de sueur à la naissance des cheveux, accrochant la lumière.

– Alex, si vous voulez, changeons de méthode.

– Je vous suis…

Il aurait bien ajouté : « Sandra », je vous suis Sandra, mais au dernier moment, sa langue s'est empâtée. Je vous suis, après tout, va très bien aussi.

– Alors, donnons-nous rendez-vous, par exemple demain entre midi, aux trois chênes, ou bien, ce sera plus simple, à l'entrée du parc où vous avez vu les photographies, disons à proximité des Diables-Bleus.

– Entre midi, c'est possible.

– Mais convenons d'une chose, entre nous : d'ici là, vous ne parlez de cette histoire à personne.

– Pas même à Maggy ?

– Surtout pas à Maggy.

En sortant de la bibliothèque, quelques minutes plus tard, Alex prend conscience de l'heure avancée. Paco est resté seul. Il n'y aura pas de reproche, mais manquer de s'aider, depuis toujours, c'est faillir. Aux sept villages, pour labourer ou tuer le cochon, on allait s'aider, c'était sacré, on fait chez moi, chez toi après, on ira, n'aie crainte, attends, voilà.

Il frémit. Accepter de manquer, c'est manquer plus encore.

Dans le tram, où il est monté en évitant de croiser les rails en regard, il sent son ventre zigzaguer.

C'est comme la faim, mais il n'a pas faim.

Quelles qu'en soient les raisons, il s'en soucie ni peu ni prou, Sandra lui a donné un rendez-vous.

8

É chirolles, le même jour, quelques heures plus tôt.

Le ciel est vide. Avec le Grand Sorbier en étai, le pic de l'Homme surveille de loin la plaine.

Le club de boxe est abrité au rez-de-chaussée d'un bâtiment de béton séparé de la route par un parking démesuré souvent vide aux trois quarts. Une enseigne en bois peint est fixée au mur extérieur, buste découplé, short et poings serrés, tête coupée, chacun peut s'identifier.

Sandra suit les couloirs où ses pas résonnent. Elle est venue si souvent. Les effluves de transpiration mâtinés d'eau de Javel ne l'incommodent plus.

À l'entrée du club, elle s'efface devant un jeune Tahitien en survêtement, visiblement pressé. Il passe la porte, elle le suit. Ils vont au même endroit, mais l'apprenti boxeur se meut plus rapidement.

Quand elle pénètre à son tour dans le bureau, le jeune homme est déjà en négociation avec Fulvio. Il a un combat samedi, il veut s'entraîner, il lui faut les clefs. Fulvio ne refuse pas :

– Tiens, les voilà… Faudra faire bien attention à Meyini, avec sa fausse garde. Tu avances trop tôt, Patrice, tu es mort.

Le jeune homme sourit en lorgnant vers l'affiche au mur, où son effigie, « le puncheur polynésien » en orange sur fond bleu, est en bonne place, poing nu levé sous le menton, cheveux courts et boucle d'oreille. Sur le côté, le profil du Camerounais en pleine action, deux gants rouges récalcitrants et capricieux.

– T'inquiète coach, j'en fais mon affaire de celui-là. On s'est rencontrés en juniors, je l'avais allumé.

Sandra s'assied, pendant que le dénommé Patrice, raide du buste, prend congé en embrassant son entraîneur sur la joue. Fulvio le serre comme un fils, et comme un fils le laisse aller.

La porte refermée, Fulvio se tourne vers Sandra. Il a pris un peu de poids, depuis quelques années, mais s'habille toujours avec recherche, couleurs sombres, camaïeux ou contrastes raffinés. Et son nez de boxeur, souvent écrasé, jamais cassé, a pour principal effet de souligner la douceur incongrue de ses grands yeux soyeux.

– *Ciao, bellissima*, comment tu vas ?

Sandra n'a jamais pu répondre mécaniquement à ce genre de question. Le visage révulsé de Raphaël tentant d'expulser une crevette assassine lui traverse l'esprit.

– Je ne me pose pas la question, répond-elle dans un sourire, une main sur le ventre.

Entre Fulvio et Sandra, tout passe comme ça, les mots dansent en l'air et c'est l'air qui est la chanson.

Ils vont à pied chez Renata, qui tient un bar à expressos mais prépare aussi des plats maison pour les habitués de la maison, surtout quand ils viennent du pays.

En marchant, il la prend par le bras.

– Merci d'être venue. J'avais besoin d'un break, là. Je suis levé depuis cinq heures du matin pour régler une affaire scabreuse avec huissier. Un de mes gars en conditionnelle, qui a voulu casser la figure à l'amant de sa femme… Peut-être même pas son amant, d'ailleurs.

Sandra a l'impression de débarquer sur un terrain vague après une longue croisière en paquebot de luxe. Les spéculations de Raphaël, je me pense donc je me suis, et les préoccupations de ses étudiants, ce qui est au programme, ce qui tombera ou ne tombera pas à l'examen, sont des pensées d'un autre monde. Un monde en carton.

– Quand je suis comme ça, lâche Fulvio en baissant le ton, plus d'énergie, plus de vigilance, je m'inquiète, alors j'ai besoin d'un remontant, tu sais que je dois rester vigilant, et mon remontant c'est toi…

– Pour le remontant, pas de problème, on se remonte mutuellement, Fulvino, mais pour le reste, tu ne fais pas de vagues, tu es lisse, non ?

Il suffit d'en parler pour que le temps passe à rebours.

Fulvio avait débarqué dans sa vie comme un preux chevalier, présence rassurante et protectrice au moment où, Dino, papa, s'effaçait dans les sables mouvants.

Quelques semaines plus tard, à la terrasse d'un café, elle révisait son bac de français, il lui avait avoué, sous le sceau du secret, avoir appartenu à une fraction armée des Brigades rouges : suite à un enlèvement, pas Aldo Moro mais quelqu'un d'important tout de même, il avait fui la police italienne.

Le héros aux cheveux longs est alors devenu flamboyant. Toutes les adolescentes, aujourd'hui, ne sont pas romantiques ; au début des années quatre-vingt, Sandra l'était.

Elle n'en sourit pas, la trentaine passée. Il lui reste dans l'âme une inaltérable attirance pour tout ce qui mêle idéalisme et mystère. L'absolu n'est pas un choix, c'est un mode.

Sur les jeunes années de Fulvio, a pesé la couleur du plomb. Il avait tout juste vingt ans, peut-être vingt et un, quand la bombe a éclaté sur la piazza Fontana, éclaboussures de sang sur les pavés de Milan.

Tous les bruits ont couru. Pinelli l'anarchiste interrogé à mort au commissariat et la belle, trop belle occasion pour la démocratie chrétienne de décréter l'état d'urgence.

Quand l'État oublie le droit, il faut combattre l'État hors du droit. Comme tant d'autres de sa saison, a-t-il confié à Sandra, il a choisi la lutte armée. En regardant par-dessus son épaule, il n'est plus certain aujourd'hui que ce choix fut le bon.

Onze ans plus tard, c'est la *strage di Bologna*, le massacre de la gare de Bologne. Une autre horreur, la même histoire. Tout accuse les Brigades, pas besoin de preuves. Le président Cossiga organise la traque. Les années de plomb sont pour Fulvio des années d'ombre, caves, couvertures et vols de nuit.

Lorsque Mitterrand promet l'asile, avec des centaines d'autres, il passe en France. C'est ainsi qu'à point nommé il s'est retrouvé dans le parc La Bruyère, un soir d'été.

Mais, depuis quelques années, la doctrine a changé, et Fulvio Campeotti est devenu Fulvio Castelli, dirigeant d'un club de boxe à Échirolles.

La boxe, il la pratique depuis toujours. Il vivait dans un deux pièces avec ses parents et ses cinq frères dans la banlieue de Naples. Le soir, quand il rentrait par les rues sombres, il croisait des bandes, petits mafieux, menu fretin, crans d'arrêt, chaînes et provocations. Il avait peur, même à la maison en passant devant la fenêtre. Alors, il s'est mis à la boxe en cachette de ses parents. Son père était *maresciallo capo*, dans l'armée de terre.

« Mon premier combat officiel, s'est-il souvenu un jour de nostalgie, c'était un dimanche, session bonus espoirs dans une réunion de championnat. Les gens avaient mis leurs beaux habits. Ils se saluaient dans la salle. J'avais invité la famille, tous les sept étaient là, et l'oncle et la tante, et les cousins aussi, mais sans dire que j'étais sur le ring. Ils ne savaient pas ; ils ne savaient rien… Oh, ça n'avait pas coûté bien cher, tu sais, il y avait toujours des billets gratuits pour les enfants du catéchisme. En face, on m'avait donné un Calabrais épais, qui avançait tout droit mais ne touchait pas souvent. Le patron m'avait dit de bouger sur la gauche, il était plutôt raide de ce côté-là… Les jambes, les jambes, ça je savais danser ! Il s'est épuisé au troisième round ; j'ai gagné aux points. Et tu sais, avait-il ajouté avec comme une brisure dans la voix, de ma vie ce fut la seule fois, enfin la seule dont je me souvienne, où le *maresciallo* a eu l'œil un peu humide sous sa casquette. »

Renata apporte enfin les *antipasti*. Un chat fauve passe sous la table et vient se frotter aux jambes de Sandra. Fulvio le saisit et lui gratte le cou.

– C'est là qu'on leur cache des micros quand on les envoie en reconnaissance… Enfin, celui-là est *clean*.

Sandra ignore s'il plaisante ou s'il y croit. Elle veut savoir.

– Mais, Fulvio, tout va bien, tu nages en eaux tranquilles…

– Il faut se méfier de l'eau qui dort. Et des chats qui ronronnent.

Il n'est pas rasé. L'âge accuse, mais, même cerné, le regard demeure acéré. Pas nécessaire de le presser de questions, s'il y a une personne en qui Fulvio a confiance, elle est en face de lui.

– Fulvino, tu peux me passer le parmesan, s'il te plaît ?

– Voilà… Hier, il y a eu un coup de fil chez moi. Une voix de femme, une erreur. C'est la troisième en trois semaines.

– Mais Fulvio…

– Si, *bella* ?

– Ces méthodes-là, ce ne sont pas celles de la police.

– *Certo*. Tu as raison. On parlera de ça, mais pas ici.

Il y a quelque temps déjà que Sandra sent une anguille sous la roche. S'il était plus disponible, il l'a été, elle s'en souvient, elle en aurait volontiers parlé à Raphaël, plutôt efficace pour les hypothèses et les déductions. Mais Raphaël n'a plus qu'un visage, et il le tourne ailleurs.

Fulvio a dit « pas ici », il ne faut pas insister, elle change de sujet de conversation. Entre eux, ça ne manque pas. Et, quand les mots s'absentent, la gêne ne s'invite pas pour autant. Qu'est-ce qu'un ami si l'on ne peut lui offrir en partage une minute de silence sans l'entendre tomber ?

L'heure a tourné plus vite que le soleil. Sandra regarde sa montre. Son rendez-vous à la fac doit déjà l'attendre.

Elle prend congé de Fulvio en le serrant bien fort, parfum masculin puissant, sans doute bon marché, mais choisi avec soin, simple question de savoir-vivre. Elle reviendra sur ses craintes en privé. Depuis plus de dix ans que l'asile français se fissure, extraditions et tractations, elle ne l'a jamais vu aussi inquiet.

Sur la rocade, un camion s'est mis en travers, remorque retournée, on n'avance que sur une file, au bon gré des CRS exaspérés. Sandra jette un coup d'œil à l'horloge du tableau de bord et sent la sueur lui glisser sous les aisselles. Elle déteste faire attendre, surtout Alex, qui vient en tram et dont l'équilibre est précaire. Raphaël évoque parfois les violonistes sur le toit, surtout quand il parle de sa famille d'Europe de l'Est, les Juifs de l'air, ceux qui auraient tout sacrifié, même la vie, à leurs idéaux, si on leur avait laissé la vie.

Avec le déodorant, la sueur refroidit plus vite. Elle lavera son chemisier ce soir.

Le campus enfin. Elle gare son auto et hâte le pas vers le bâtiment de la bibliothèque. À mi-chemin, elle se fige. Le dossier est resté sur la banquette arrière. En retrouvant la voiture, elle prend conscience qu'elle n'avait pas fermé les portes à clef.

Quand elle parvient au troisième étage, il y a plus de quarante-cinq minutes que l'heure du rendez-vous est passée.

Tournant la poignée, elle aperçoit Alex, droit sur sa chaise, yeux fermés. Quelles inconcevables embarcations naviguent sous ces paupières-là ?

Apparemment, le grincement de l'huis ne l'a pas alerté. Mieux vaut prévenir que guérir.

– Alex, vous dormez ? hasarde-t-elle le plus délicatement possible.

– Non, excusez-moi.

Il y a un tel désarroi dans cette voix. Elle se sent comme une avocate rendant visite à un prisonnier. Même le parloir est difficile à trouver.

– Mais il n'y a pas de mal, c'est moi qui devrais m'excuser, pour le retard.

– C'est égal.

Les mots de la montagne, juste assez. En montagne, le temps change si vite, les paroles superflues peuvent tuer.

Elle s'assied derrière le bureau. Le dispositif n'est pas idéal, cette salle de travail n'est pas faite pour ça. Salle de travail, comme pour un accouchement…

La délivrance d'Alex est-elle au bout du chemin? Il faudrait trouver un autre lieu pour ces entretiens, où ils pourraient s'asseoir côte à côte, ou même face à face, mais sans être séparés par un bureau comme chez le médecin.

Elle sort son cahier de notes. Il est un peu corné de son séjour dans la voiture, mais tout est là, depuis plus d'une année. Alex, lui, n'a pas besoin de marques.

– Alors, on reprend?

Posant ses mains à plat sur le bureau, elle découvre un ongle rongé. C'est tout à l'heure, au restau, quand elle a lu l'inquiétude dans les yeux de Fulvio. Elle le limera plus tard, à la maison.

– Je suis là pour ça... lance Alex, voix tombante.

Drôle de réponse. S'il perd espoir, on n'avancera plus.

– Ça ne va pas?

– J'ai un peu perdu l'espoir...

En tout cas, ils sont raccord. Le chemin est sans doute encore long, bordé d'un mur d'enceinte, large et haut. Qu'y a-t-il donc de si terrible de l'autre côté?

Mais il ne faut pas attaquer ces monstres-là de front. Elle revient aux fondamentaux.

– Pour la lecture?

Il esquisse un sourire amer.

– Pour la lecture aussi.

Elle repose ses lunettes. La transpiration à nouveau, à nouveau glacée, mais pour d'autres raisons. Alex est accroché au passé. Sa mémoire le protège du présent, mais, Sacks l'a décrit, c'est une arme aussi, formidable, qu'il pourrait utiliser pour recouvrer la liberté. Lettres, lire, libre… Pour Alex, être libre, c'est être lire.

Elle prend une feuille de papier blanc et dessine un cercle, comme l'enveloppe d'une pelote de laine, dont un fil s'en va vers hier, *Yesterday seems so far away*, un fil qu'il suffirait de tirer.

– Le cercle, suggère-t-elle aussi naturellement que possible, c'est aujourd'hui, c'est… vous, entouré de tous ces souvenirs qui forment comme un mur autour de vous.

Elle a failli dire : « Le cercle, c'est nous. » C'est au dernier moment qu'elle s'est reprise. Peut-être, un jour, faudra-t-il y entrer pour aller le chercher ?

– Si vous voulez…

Le vrai courage. Il est prêt à la suivre, tenter autre chose, malgré tout. Ces entretiens ont débuté sur un projet de publication, mais ils se sont transformés en une tout autre aventure. Il est temps de se diriger vers l'œil du cyclone. À pas comptés.

– Bon. Je n'en sais rien au fond, remarque-t-elle doucement, mais essayons de partir comme ça. Cette flèche, qui remonte, elle doit bien s'arrêter quelque part ?

– Je ne sais pas.

Il ne sait sans doute pas qu'il sait. Mais si ses études ont appris quelque chose à Sandra, c'est que les mots et le sens ne font qu'un ; quand on est perdu, pour trouver le sens, il faut suivre les mots.

Elle hésite, il ne faut rien briser, puis se lance.

– Les lettres… À l'école du village… Vous aviez appris à lire.

– Je crois que oui, il faudrait demander à M. Drapier, il saurait dire. Il faisait les trois cours, on était tous ensemble. Je crois que oui.

Inouï. Il n'était jamais remonté aussi loin. Prudence.

– M. Drapier ? C'était l'instituteur ?

– Bien sûr.

– Vous n'aviez jamais donné son nom. Je peux lui écrire. Il ne me manque…

– Ça je ne sais pas.

– … que le nom du village.

– Il y en avait plusieurs, qui entendaient la même tronçonneuse dans la vallée.

C'est déjà une indication. Il y aura une publication, mais soudain cela passe à l'arrière-plan.

– Il faudrait trouver un fil à tirer.

– Je peux glober… tenez, cette affiche-là, sur le mur, je pourrais la redessiner de mémoire. Vous sauriez la lire, moi pas.

Il est temps de faire halte. Sur le chemin de la mémoire, quand les mots manquent, les images sont danger, il faut parfois laisser poser. La bouche sèche, elle va jusqu'à la fontaine, remplit son gobelet et revient.

Le plaçant sur le bureau après la première gorgée, elle repère dans les prunelles d'Alex comme un voile d'incompréhension.

Prenant soudain conscience de sa distraction, elle balbutie :

– Oh, pardon Alex, vous en vouliez peut-être ?

– Non, merci. C'est bien comme ça.

Pas sûr que ce soit la vérité, mais ce n'est pas bien grave. Pour le moment, l'urgence est à une manœuvre dilatoire. Même s'il n'a pas soif, il a besoin de respirer.

– Bien. On n'y arrivera pas tout droit, c'est normal. Racontez-moi la journée d'hier, mais en vous concentrant sur l'essentiel, en supprimant les détails. Je sais que c'est difficile.

Alex ne répond pas. Il se concentre, et pâlit sous l'effort. Un créneau pour réparer son indélicatesse. Elle va lui chercher un verre d'eau et le lui tend, c'est un langage qu'il comprend.

Alex boit goulûment, puis raconte. Tous ces détails, comme un carcan. Sandra les note cependant. Il ne faut rien oublier pour approcher celui qui ne peut rien oublier. Quand il évoque l'épisode Maggy, elle sent sa curiosité s'éveiller, elle ne savait pas cette femme si proche de lui :

– À la fermeture, elle est revenue vous chercher ?

Alex, au ralenti, repasse pour elle le film de la nuit. Les trois arbres du parc Mistral, l'écharpe tachée de sang, et Bastien, le dealer apprenti, qui sans savoir pourquoi a rencontré la mort au coin du bois.

Soudain, éclair de foudre en nuit sereine, étrange amalgame de cieux étrangers, tout bascule. Alex apporte des détails qui font bondir le cœur de Sandra dans sa poitrine.

— Il s'entraînait à Échirolles, chez un Italien, un type discret, qui a monté un club il y a une quinzaine d'années. Mais il n'y allait pas assez souvent pour vraiment progresser.

Sandra peut à peine respirer. Elle a pensé que Fulvio se faisait des idées pour rien, et voici, incroyable signe du destin…

Elle prend sur elle pour jouer le naturel.

— C'est lié à sa mort ?

— J'ignore. Quand je reverrai Maggy, je lui en dirai plus, elle en saura plus, moi aussi.

Il faut prendre une décision. Fulvio lié à un crime, dans sa situation, c'est le cauchemar, avec, en ligne de mire, l'extradition et la prison.

Ne pas s'affoler. Prendre le temps de penser. Alex ne semble pas se formaliser du silence qui est tombé.

L'affaire la dépasse, elle doit prendre conseil.

— Excusez-moi, j'ai oublié une réunion importante, ment-elle. Je vais prévenir, je reviens de suite. Vous voulez un autre verre d'eau ?

Alex refuse en se redressant, mais Sandra n'y prête pas attention.

Elle sort de la salle de travail et se réfugie au second étage, dans le bureau de Florence, la responsable des achats sciences humaines et sociales. Une courte négociation suffit pour convaincre la titulaire des lieux d'aller fumer une cigarette sur le parvis.

Elle compose le numéro de Fulvio et l'informe.

– Bastien, oui, je vois très bien de qui il s'agit, pense Fulvio tout haut, s'exprimant lentement. Quand il était mineur, il allait jeter des paquets de hasch par-dessus le mur de la prison. Mais, de la prison, je suis sûr, il n'en a jamais fait.

– Fulvio, Alex est dans mon bureau, je ne sais pas quoi faire. Dis-moi.

– Difficile de parler comme ça.

– Tu veux dire : au téléphone ?

– Si, *Signorina*.

– Tout de même, dis-moi quelque chose.

– Alors, deux choses…

La voix de Fulvio est posée. Il a dû affronter ces situations dans sa jeunesse. Les affronter de nouveau lui rend peut-être un peu sa jeunesse. Sandra respire mieux.

– Oui ?

– Il nous faut du temps et des informations. Et, d'après ce que tu me dis des… disons des circonstances, surtout des informations.

Elle raccroche. Le bureau de Florence est tout petit, catalogues sur étagères, armoires de rangement, dossiers suspendus. Sur une desserte, une rose coupée dans un soliflore. Les bibliothécaires aussi ont leur vie privée.

Elle ferme les yeux. Son atout, elle n'en a qu'un, c'est Alex. Il se souvient de tout, et, femme, sans trop chercher cependant, elle n'ignore pas tout de ce qu'il ressent.

Pour Fulvio, elle va donc jouer son atout.

Ou son va-tout.

Elle a retrouvé presque une sérénité en revenant au troisième. Il est temps de laisser sa chance à l'ambiguïté.

Elle referme le cahier. À partir de ce moment, elle ne risque plus d'oublier ce qui va se passer – et qui ne concernera plus le département des sciences cognitives.

– Je crois, dit-elle, que nous tenons une piste.

Alex ne répond pas. Sandra sent croître son émotion, et la sienne propre, retour d'induction.

– Il faudrait, explique-t-elle, neutre et complice à la fois, il faudrait explorer comment les souvenirs de ce… Bastien, c'est ça ?, ont émergé au moment, précisément, où Maggy les a demandés.

Elle a plongé. La sueur est revenue, mais au front cette fois. Comme la honte.

Il demeure toujours silencieux.

– Alex, si vous voulez, changeons de méthode.

– Je vous suis…

– Alors, donnons-nous rendez-vous, par exemple demain entre midi, aux trois chênes, ou bien, ce sera plus simple, à l'entrée du parc où vous avez vu les photographies, disons à proximité des Diables-Bleus.

– Entre midi, c'est possible.

– Mais convenons d'une chose, entre nous : d'ici là, vous ne parlez de cette histoire à personne.

– Pas même à Maggy ?

– Surtout pas à Maggy.

Alex a les yeux ronds. Il croira ce qu'il voudra.

Et, s'il le faut, on mettra les pendules à l'heure plus tard.

9

La nuit d'Alex est longue à passer, il s'est tant passé dans cette journée. Il estampille chaque situation, instants, regards, respirations, images rouges et noires, faux espoirs, mirages et moire.

Vers trois heures, dessins aigus éparpillés au sol, paix sur la Bastille, il n'a pas sommeil. Trumeau veut sortir. Il lui ouvre, hésite, et lui emboîte le pas. Élégance ou intelligence, le chat lorgne la fenêtre du palier mais renonce à son habituel bond vers le flanc de coteau. Solidarité de l'ombre, il emprunte l'escalier en colimaçon donnant sur l'arrière, d'où le passage vers la montagne peut être partagé, homme et bête, côte à côte.

Les enfants couraient et les femmes avançaient, foulards sur la tête ou noués autour du cou. Elles passaient la jambe en avant, sous leurs grandes jupes de toile, certaines prenant appui sur un bâton, d'autres sur leurs cuisses, un peu au-dessus du genou, pour s'aider toutes seules à grimper.

Buste incliné vers l'avant, Alex gravit la Bastille par le sentier caillouteux, flanqué en silence d'un Trumeau étonné, oreilles aux aguets, alternant allure chaloupée et impulsions désordonnées. Tenté par les bourgeons ou les premiers insectes, il s'amuse par instants comme en plein jour, veillant discrètement cependant à maintenir le cap au côté de celui qui marche.

Ils sont deux, le chat et l'homme, mais seul l'homme est dans la nuit. Ce qui lui plaît tant dans ces échappées noctambules, c'est la disparition des ombres, la sienne surtout.

Interstices de liberté, moments volés. Il fait frais, l'air sent la sève, le sang se soulève. Il y a si peu de place, dans sa tête encombrée, pour simplement respirer. Mais quand une journée est finie, qu'il a posé tous ses jalons, tout rangé, bien rangé, et que la journée suivante n'est pas commencée, il peut se glisser dans ce frêle espace et jouir du temps arrêté. La magie opère mieux la nuit, qui préserve des images, dissout les bruits et construit en sourdine un fragile équilibre tendu sur le fil obscur reliant ce qui n'est plus, mais qu'on garde en soi, et ce qui n'est pas encore, et qu'on garde pour soi.

Parvenu au sommet, Alex s'assied sur un parpaing au pied du fortin. Trumeau saute dans ses bras, bienvenu, il commence à faire froid. C'est alors, relevant la tête par-delà le sillage de l'Isère endormie, qu'Alex, inspirant profondément l'air de la montagne, porte au loin son regard.

Luciano avait deux filles, Anna et Maria. Dans les premières années, Maria nous rendait visite depuis l'autre versant. Elle ressemblait à maman, mais elle riait plus souvent. Avec les yeux et avec le menton, elle pointait vers le haut, comme si l'on pouvait d'ici apercevoir l'autre côté. « Là-bas, disait-elle, tout est à l'envers, mais qui le sait, au final tout est pareil. » Ensuite, elle n'est plus venue.

Il est à peine dix heures du matin lorsque sonne son mobile. Alex est encore endormi, mais la place est vide à ses côtés, Trumeau est déjà sorti.

C'est Vassili.

– Je te réveille ?

– Non, ça va, merci.

– Bon, je te réveille, excuses, tu veux que je rappelle plus tard ?

– C'est bon. Il y a un problème ?

Vassili appelle très rarement, et presque jamais pour le travail.

– Non, pas de problème, mais, Aliocha, j'ai un service à te demander.

La première fois que Vassili l'a appelé Aliocha, c'était à l'enterrement de Fédor. Le vieux rebelle était allongé, rasé de frais, dans le cercueil ouvert, fleurs et bougies alentour. Vassili, qui n'était déjà plus très jeune, hoquetait en sanglots. Alex avait eu un geste pour le soutenir, au dernier moment, quand il a défailli.

C'est alors qu'il s'est redressé et a murmuré : « Merci, Aliocha. » Depuis, c'est un signe, un signe entre eux, qu'il utilise avec sobriété, en tombant la voix.

– Je suis là, Vassili.

– Voilà, je dois partir pour Ugine. Il y a des problèmes à l'association. Il faut organiser des élections. J'en aurai pour quelques jours.

– Vous partez quand ?

– C'est justement. Je voudrais partir tout de suite, dans une heure. Tu peux passer ?

D'habitude, Vassili assure bar et service entre midi. Comme *Les Deux Mondes* ne font pas de plats chauds, c'est calme.

Tous les jours de l'année, il aurait accepté. Mais, aujourd'hui, il a un rendez-vous.

– Je peux, mais entre midi, je dois m'absenter.

– Hein ?

En vingt ans et plus, Alex n'a jamais rien refusé.

– Je dois m'absenter, répète-t-il, comme une évidence.

– Par Denikine, rauque Vassili, tu ne peux pas ?

– Aujourd'hui, je dois m'absenter. Demain, ça va.

– Après tout, Aliocha, ce n'est pas si grave. Je prendrai la route un peu plus tard, voilà tout. Je t'attends.

– Je viens.

10

Les lèvres du vendeur de la boutique Orange place Grenette forment un cercle presque parfait. Bras croisés, il secoue obstinément la tête :

– Vous voulez vraiment *trois* téléphones mobiles sans abonnement ?

Sandra s'en amuserait si le moment s'y prêtait.

– Oui, c'est ça, de suite. Avec des cartes prépayées.

– Mais ça vous coûterait *beaucoup* moins cher de prendre au moins un abonnement, les téléphones avec abonnement sont à 9 euros tandis que là, au tarif plein…

Remous discrets dans la longue file d'attente avec tickets. L'impatience charge l'atmosphère d'un parfum de turbulence.

Un couple entre deux âges maugrée en aparté. La femme, cheveux courts et lunettes marron glacé, reboutonne son manteau et passe la porte vitrée. Une fois dehors, elle allume une cigarette, tire une bouffée et sourit vers l'intérieur indistinct. Lui, gominé, veste cintrée, bombant le torse, tente d'accrocher le regard du vendeur. Mais celui-ci demeure subjugué par Sandra.

– Vraiment, vous ne voulez pas ? plaide-t-il décontenancé.

Son badge indique Pierre-Henri, lettres noires sur fond mordoré.

– Pierre-Henri, gentil, vous posez les trois téléphones et les six cartes dans le joli panier orange, et vous vous dirigez vers la caisse. Je vous accompagne.

– Dommage, avoue-t-il en sourdine, la direction nous a réclamé des abos.

Sur ces mots, perle de sueur sur la lèvre supérieure légèrement tremblante, Pierre-Henri s'exécute.

Une heure plus tard, sur le parking Leclerc de Saint-Martin d'Hères, Sandra coupe le contact, mais ne sort pas de sa Punto. Un coup d'œil circulaire lui apprend ce qu'elle sait déjà : même s'il l'a repérée, d'où qu'il soit dans les parages, elle ne verra pas venir Fulvio.

Quelques instants de silence. Elle hésite à allumer la radio. Au moment précis où elle se décide à le faire, la portière s'ouvre et Fulvio s'assied à ses côtés.

– Tu étais au *Tout à 10 francs* ?

Le bâtiment plat, bleu et jaune, n'a jamais changé son enseigne aux lettres capitales répétées sur toute la façade.

– Non, *bella*, je discutais avec une jeune femme dans la laverie auto. De loin, j'étais son mari…

— Une très brève histoire d'amour, alors, commente Sandra, rêvant à haute voix, ça peut venir comme ça…

Après une pause que Fulvio n'interrompt pas, elle sort les mobiles de son sac. Elle a les mains fines et les ongles soignés, mais sans vernis. Ou bien incolore.

— Tiens, souffle-t-elle, comme on a dit. J'en garde un sur moi et, toi, je te donne ces deux-là. Voici les deux cartes prépayées de rechange. Les deux autres sont déjà dedans.

— Mais pas les numéros, n'est-ce pas ? Ils ne sont pas entrés dans les répertoires ?

— Non, Fulvino, pas les numéros. Eux, ils sont enregistrés ici, déclare-t-elle dans un sourire, désignant son front de trois doigts de la main gauche. Je n'ai pas la mémoire totale, mais, bon, deux fois dix chiffres, même pour ma petite tête…

— *Perfetto*, et le tien ?

— 06 20 02 27 25. C'est bon ?

— C'est noté. Pas la peine de répéter. Toi, tu peux déjà l'oublier.

— C'est fait. Mais dis-moi…

— Oui, *bella mia* ?

— Tu ne crois pas que, tout ça, c'est un peu précipité ? Qu'on en fait trop, ou trop tôt ?

Fulvio soupire, fixe le tableau de bord, puis s'absorbe dans l'observation d'une mère en pleine négociation avec un marmot de trois ans au plus, fille ou garçon, difficile de décider, insistant pour monter dans le caddy. Il tourne ensuite la tête, lentement, vers Sandra, et soupire à nouveau.

– Tu veux dire que moi, je suis un réfugié politique, que je n'ai rien à voir avec un règlement de comptes dans le parc Mistral ou ailleurs, que je ne dois pas m'affoler à la moindre alerte...

– C'est un peu ce que j'imagine, oui, effectivement.

Le bambin, c'est un garçon, a eu gain de cause. Il triomphe aux éclats, se penchant vers le sol. La mère pousse l'attelage précaire.

Fulvio saisit le bras de Sandra, juste au-dessus du poignet.

– On en parlera, il faudra, mais pas tout de suite. Pour le moment, je disparais, tu sais comment me joindre, et tu trouves tout ce que tu peux sur ce pauvre garçon. D'ailleurs, au téléphone, on l'appellera comme ça, pauvre garçon, ou *povere*, c'est ça *povere*, mais Bastien, pour le moment, on oublie, oui, ça aussi, on oublie.

Là-dessus, il s'extrait lestement de l'habitacle, gestes précis, longtemps répétés, gestes retrouvés d'une jeunesse traquée, blessure du temps et caresse du temps.

L'heure du rendez-vous approche. Sandra sait ce qu'il faut chercher. Son estomac lui rappelle qu'elle n'a rien avalé depuis la veille. Même le café du matin est resté sur la table de la cuisine. Pas le temps de passer prendre quelque chose à l'appartement, et elle ne se voit pas partager un en-cas avec Alex.

Au feu rouge de la rue Ambroise-Croizat, elle est presque arrivée, son mobile trépigne. Plongeant la main dans son sac, elle attrape le nouveau, qui ne sonne pas, sourit des yeux au rétroviseur, puis décroche à l'ancien.

C'est Marielle.

– Tu vas bien ?

Au son de sa voix, c'est elle qui ne va pas. Sandra jette un regard à sa montre-bracelet, indiquant midi passé, et répond dans la foulée.

– Un peu speedée, mais on fera comme si. Et toi ?

– Pas de nouvelles.

En chaque femme dort une âme abandonnée, errant dans la nuit éclaboussée. En chaque homme aussi, d'ailleurs, mais sans doute dans une autre nuit.

– Ça fait longtemps ?

– Une semaine. Je suis même passée devant sa fenêtre. Volets clos.

– Et son travail ?

– Il a quitté, tu te souviens, mais j'ai appelé aussi, à tout hasard. Rien.

Elle n'est pas au bord des larmes, elle est simplement perdue.

– Écoute, Marielle…

– Je sais, on s'y attendait, mais pas si tôt, pas comme ça.

– On en parlera plus tard, mais là, je t'expliquerai, je ne peux pas.

– Tu as un rendez-vous ?

– On peut le dire comme ça.

11

Ils ont fixé le Diable Bleu du parc comme point de rencontre; *Les Deux Mondes* n'aurait pas convenu.

Sandra, la première, aperçoit Alex assis au pied du monument, attitude du penseur, mais plus fragile, coude au genou, menton appuyé sur une main retournée, silhouette vacillante offrant une prise perplexe au vent de printemps.

Il avait soigneusement évité de croiser les rails, ni du pied ni de l'œil, en allant à son rendez-vous. Et, quelques instants plus tôt, Vassili n'avait pas commenté, ni de la voix ni des épaules, quand il était sorti. Pas même un : « Je t'attends » ou un : « À tout de suite », non, quand midi avait sonné, il avait simplement lancé : « Alex, c'est l'heure pour toi ! » et il était reparti servir les boissons qu'il avait lui-même préparées. Alex avait alors enfilé son imperméable usé et repassé la porte en plein jour.

Le parc était presque désert. Il avait pivoté sur lui-même pour être bien sûr, conscient cependant de sa propre impatience ; elle avait dit entre midi, le carillon avait à peine retenti.

L'eau courait dans la fontaine olympique ; à portée de regard, le Diable était aux aguets. L'attouchement de la solitude est toujours plus sensible en terrain découvert.

Il est arrivé à l'improviste ; ses grandes mains velues lui pendaient stupidement des épaules comme des pelles rouillées au râtelier. Il avait des cheveux blancs, quelques fils d'argent récemment apparus, et un drôle de sourire qu'Alex ne lui connaissait pas. Sa langue allait et venait entre ses lèvres, bouche sèche ou café trop amer.

Il avait dit : « Viens, petit, on va s'asseoir » et ils avaient ensemble parcouru les couloirs. Ange marchait devant, Alex suivait comme avant. Arrivé à la porte sur la cour, il avait hésité, puis, apercevant le banc vide sous les marronniers, il l'avait ouverte.

Ange a marché devant et s'est assis, bras ballants. Comme Alex restait debout sans respirer, il a caressé le banc du plat de la main.

– Ici, a-t-il finalement murmuré, ici, petit.

Ce n'est que lorsqu'ils se sont retrouvés côte à côte, jadis père et fils, interdits à présent, bâillonnés de souvenirs, que de côté il a parlé.

– Anna, petit, ta maman, Anna est partie rejoindre Luciano. Elle ne reviendra pas.

Il n'a pas ajouté : « Moi non plus », mais Alex, à son côté, l'a entendu.

Elle l'a reconnu de loin, même sans ses lunettes, il est de ceux qui ressemblent à leur brouillard. Fulvio a besoin d'elle, Alex est son atout, pas de honte cependant : dans l'urgence on ne fait pas appel à n'importe qui.

Il est assis au pied du Diable. Dans la montagne, la résistance aussi doit être partagée.

Elle avance, il ne la voit toujours pas mais il se redresse face au soleil. Elle ne se souvenait pas qu'il était aussi grand.

S'étant levé depuis quelques secondes – la lumière du printemps le nimbe comme une eau de ruisseau –, il a été alerté par le bruit de ses pas. Elle avance vers lui en plein midi, elle approche. Un regard lui suffit à enregistrer la silhouette. Elle porte l'ensemble en fine maille indigo qu'il lui connaît, grand gilet fluide comme une grand-voile où le vent vient jouer, robe coordonnée, boutonnée devant, sauf les deux du bas, libérant le compas des jambes. Les yeux sombres et les boucles acajou ne sont encore qu'esquissés mais il y a des moments où le trouble vient au souffle sans le secours de l'œil.

Sandra sait d'instinct que les premiers mots lui appartiennent. Alex est ici par confiance en elle, elle est là pour aider Fulvio, mais sa théorie du fil à tirer, la mémoire totale comme un écran de fumée, ne doit rien au hasard. Si l'on peut faire d'une pierre deux coups, elle jouera le jeu jusqu'au bout… Il y a une probité à trouver dans cette duplicité, une rigueur gisant dans cette ambiguïté, un honneur dormant prêt à s'éveiller dans ce cheminement.

Elle pourrait soupirer, elle sourit.

— Bonjour, Alex… Vous attendez depuis longtemps ?

Il pourrait répondre : « Depuis hier » car depuis hier il attend ce moment, mais il n'a pas à l'embarrasser d'un tel émoi.

— Je viens juste d'arriver, ment-il posément.

— Bien, alors, on y va, on essaie de remonter la piste ? Les trois arbres sont par là ?

— Un peu plus loin. Je vous montre.

Il passe devant, il la guide, quelques pas dans le sous-bois, puis ils entrent à couvert et pénètrent la forêt. La largeur du sentier le permettant, Sandra vient à sa hauteur. S'il avait un vœu à faire, même les forêts des parcs ont leurs génies, il demanderait que les trois chênes se retirent jusqu'en Chine.

Parvenus à destination, Alex commente d'une voix basse :

— C'est ici. Ils ont ôté le balisage.

Les trois arbres respirent la vie qui vient. Difficile d'imaginer, à deux nuits d'ici, qu'un jeune homme effaré ait rencontré son destin dans ce triangle tranquille.

Les sourcils d'Alex plongent de côté ; cet homme blessé dans son passé demeure sans cesse étonné dans son présent. C'est à Sandra de saisir les rênes.

– Maggy vous a raconté d'abord, ou bien elle s'est contentée de montrer les photos ?

– Il y avait une écharpe.

– Ah ? Vous ne l'aviez pas mentionné…

– C'était sans importance.

Tout en parlant, il a croisé les bras ainsi qu'il fait souvent, refuge ordinaire, mais en inclinant la tête, comme si le sol allait lui révéler d'autres détails.

Sandra frémit, sans doute la crudité de l'air sous la futaie. Raphaël, lui, cherche les précisions chez les autres, il ne baisse jamais les paupières, chaque relation est un défi, chaque conversation un combat. Le grand égaré qui lui fait face sans la regarder ne survit, dans sa forêt de souvenirs, que grâce aux jalons précieusement plantés. Il est pourtant capable de ce pas de côté : son « sans importance » inclut ce qui ne fait sens que pour lui.

Elle s'approche et demande doucement :

– Mais pour vous ?

– Ah oui, bien sûr, c'est par l'écharpe que j'ai retrouvé les éléments, le visage, les situations, les paroles, quelques mots, pas plus, et finalement le nom, mais pas tout de suite.

– L'écharpe vous a conduit immédiatement à un souvenir?

– Non, c'est en partant des photos.

Les enfants couchés pendant les fins de veillées ne dorment pas, ils entendent les voix des grands, les bruits de vaisselle et de verre, les rires et surtout les silences. Ses parents sont venus le border, difficile de s'endormir autrement.

Il a demandé une photo de Maria.

Ange a fait comme s'il n'entendait pas. Anna s'est retournée.

Elle a quitté la chambre, pas comptés puis résolus dans l'escalier. Il l'a entendue ouvrir le tiroir du buffet de l'oûtô. Puis elle est revenue avec une photo de Luciano qui tenait par les mains ses deux filles.

De l'index, Anna a indiqué : « Elle est à droite, en jupe claire, l'autre, c'est moi. »

La lune était pleine. Alex a laissé longtemps, dans la nuit cristalline, son regard osciller de la fille en jupe sombre à la fille en jupe claire.

Alex courbe à nouveau la nuque, yeux fermés à présent. Il voudrait expliquer; il n'y a pas de mot. La mémoire, la sienne en tout cas, c'est un paysage qu'on parcourt à pied. Il y a des ballons et des vallées, des cols et des passes, des combes, des sommets et des ravins. Mais chaque nuage possède une forme irrévocable, chaque crête crie une histoire, chaque chemin est en soi une destination, chaque pierre porte un nom.

Si Sandra veut visiter ce pays-là, il lui faudra passer le pas. Venir la chercher, il ne pourra pas. Mais, si elle franchit la frontière, il l'attendra de l'autre côté, il la prendra par la main, il l'entraînera le long des lignes de fuite, ne crains rien, je connais, c'est ici chez moi, il la mènera par ses jardins, lui présentera ses édifices, lui livrera sa mémoire absolue, du plus anodin au plus intime de ses vestiges intimes.

Ils font quelques pas à l'abri du grand chêne. Les brindilles crissent, puis s'apaisent.

Sandra ne rompt pas le silence qui s'est installé. Sans gêne ni impatience, elle attend qu'Alex entrouvre la porte sur l'incroyable mécanique qui d'un même mouvement lui permet de figer le temps et lui interdit ce qui permet à tous les autres de le retrouver : le sens des mots écrits.

Elle attend donc, elle lui laisse le temps.

Mais le temps glisse sur lui, fleuve impassible, courants insondables. Alex est emporté au fil du temps par une lame sans fond.

Il y a des moments, quelques-uns dans une vie, où l'à-peuprès ne suffit plus, où les demi-mesures révulsent soudain, où les arrangements implosent d'eux-mêmes. Ce qui étreint alors ressemble à une voix paisible, venue du fond des âges vous rappeler un pacte ancien, une allégeance essentielle portée par tous et germant en chacun, une part d'absolu dont le sens ultime est tout ensemble partage et indivision. La vérité de l'être est à ce prix.

Subissant peut-être la loi secrète des trois chênes centenaires, seule à seul avec cet homme prodigieux vulnérable comme un enfant, Sandra frémit. Est-ce la tension accumulée depuis deux jours, ou bien le sentiment étrange d'un impalpable lien entre Alex et Fulvio et qui viendrait la traverser ?

Elle saisit Alex par les bras, tête haute et regard droit. Elle ne tremble pas. Il se redresse.

– Alex, je dois vous dire quelque chose.

Il a perçu le trouble mais ne cherche pas à l'interpréter.

Sans le lâcher, elle poursuit, soudain soulagée.

– Voilà, c'est tout simple, vous avez besoin de moi, je ferai tout pour vous aider, et moi, j'ai besoin de vous.

Les sourcils d'Alex n'en croient pas leurs yeux, l'étonnement s'effaçant devant une autre expression, si tant est que le ravissement puisse se lire dans le voile d'un regard. Depuis toujours, c'est la cordée qui forme le premier réflexe du montagnard.

– S'il faut remonter dans le passé…

– Ce n'est pas de cela qu'il s'agit. Voilà, j'ai un ami…

Et Sandra se confie, comme on se confie à un ami. Peu importe à cet instant qu'il soit riche ou indigent, faible ou puissant, un équilibre naturel se crée de bouche à oreille, en passant par le cœur.

Alex écoute, il connaît mieux les Russes nostalgiques que les réfugiés italiens tourmentés, mais il accueille la sincérité de Sandra et inhale la substance du danger. Appuyé contre le grand chêne, il clôt les paupières pour mieux écouter encore.

– Ce qu'il faut, conclut Sandra, ce sont des informations sur le ou les assassins, les mobiles, les détails, tout ce qu'on pourra glaner. Fulvio est à l'abri, pour un temps probablement, mais, selon les événements, il aura sans doute à prendre des décisions.

Quand, vêtus de bleu nuit, les gendarmes français les ont rejoints, les carabiniers leur ont parlé tout bas. Ensuite, ils ont emmené Alex dans leur estafette, et la longue descente a commencé. La vallée, on n'y va jamais tout droit.

Alors, la nuit s'est répandue, et les vitres du véhicule se sont ternies à mesure que les crissements conjugués des pneus et des freins inondaient l'habitacle.

Alex est rivé à la vitre arrière, il scrute la route qui serpente et l'emmène vers la vallée. À chaque embardée du fourgon, il perd l'équilibre et se heurte aux parois métalliques. Mais, comme un forcené, il tente de garder l'œil sur les lacets, la pente et tous les dénivelés. Après quelque temps, il peut donner du regard sans vaciller : un gendarme à l'odeur de tabac brun le maintient en équilibre entre ses bras. Il l'a tenu jusqu'à l'arrivée.

Par temps clair, les sept villages peuvent apercevoir la Négresse, montagne d'ordinaire cachée par les nuages et dont la combe bordée de sapins dessine une femme en boubou portant bébé. Quand le ciel se couvre du côté de la Négresse, les gestes sont comptés. Alex n'a plus à hésiter.

— Je verrai Maggy au commissariat, propose-t-il, et pour vous je globerai tout ce que je pourrai. Ensuite, il faudra nous voir, pour… comment dire ? Pour décharger.

Sandra ne sourit pas. Avant elle, seule Maggy connaissait le prix.

Alex n'aura pas à trouver d'étiquette élaborée pour classer ce souvenir : chaque jour de sa vie, il sera de la couleur du jour.

— Il y a autre chose, souffle Sandra, si vous pouvez…

— Qu'est-ce que c'est ?

— Quand vous verrez Maggy, elle vous demandera sans doute si vous avez happé de nouveaux souvenirs.

Alex acquiesce en silence. Maggy n'y manquera pas, mais elle n'insistera pas non plus.

— Dans ce cas, ajoute Sandra, fixant ses chaussures, il vaudrait mieux oublier tout ce qui concerne Échirolles.

– Comptez sur moi, tranche Alex d'une voix claire.
Oublier, bien sûr, il ne peut pas, mais il peut se taire.
Étrange, en vérité, que depuis toutes ces années il n'y
ait jamais pensé tout seul.

12

Paco était déjà arrivé lorsque Alex est revenu aux *Deux Mondes*. Vassili, qui a chargé sa valise dans sa voiture depuis le matin, ne manifeste aucune impatience. Alex étant installé derrière le bar, il attrape un tabouret et s'accoude :

– Tiens, Alex, fais donc un BL à ton patron, mais corsé, hein, pour la route !

Alex s'exécute en lui souriant, quelque chose a changé peut-être entre eux depuis qu'il a dit non, Vassili le regarde autrement aujourd'hui.

– Vous dormez chez Grisha ?

Vassili, paumes au ciel, hausse les épaules :

– Comment faire autrement ?

Grisha est un compagnon de Fédor des premiers jours, pilier de l'association. Après avoir toute sa vie travaillé aux aciéries, il est devenu bookmaker indépendant, en marge de la légalité. Spécialisé au départ dans les paris équestres grâce à sa connaissance familiale de la race chevaline, il s'est graduellement diversifié dans tous les sports, y adjoignant même la politique. Montante de Hawks, mise gagnante ou *cash in*, il pratiquait toutes les techniques, réservant l'exclusivité de ses meilleurs tuyaux à la communauté russophone.

Aujourd'hui très âgé, il est pour Vassili comme un oncle, affection et obligations. À la mort de son épouse, il s'est retiré dans un chalet au toit de lauze, ces grandes dalles schisteuses qu'on trouve dans les carrières à ciel ouvert de la haute montagne.

Vassili avale son café d'un trait, à la manière des Italiens – ou des Russes, mais pour la vodka.

– Pas franchement envie de monter là-haut, ajoute-t-il cherchant la complicité d'Alex, c'est sans doute encore glissant.

Alex pose le verre d'eau sur le comptoir, rempli seulement aux trois quarts : plus, pour Vassili, « ça déborde ». Il le saisit mais ne le porte pas à ses lèvres, déclinant à haute voix ses pensées.

– Oui, par là-haut, les congères et le verglas, on n'y coupera pas, commente-t-il les yeux dans le vide, mais bon, oncle Grisha ne me pardonnerait pas… Dans son chalet perdu, on pourrait y mourir les deux, personne ne nous retrouverait jamais.

Ange était souvent parti trois semaines. Quand il revenait, dans les premières années, c'était, pour Alex, plus de promesses qu'un nouveau jeu et, dans la maison, plus d'agitation qu'un avis de tempête. Anna sortait le grand couteau à jambon cru ; Ange voulait des tranches fines comme font les Valdôtains, mais elles ne l'étaient jamais assez.

Lorsqu'il était de bonne humeur, il ouvrait la fourgonnette « Ange Blandin » et Alex passait des heures, lampe torche serrée contre la poitrine, à se remémorer les fonctions de tous les outils, surtout les tout petits, destinés à l'horlogerie.

Il y avait une pièce derrière l'oûtô dont seul Ange avait la clef. Il s'installait, posait les appareils à réparer qu'on lui avait confiés, et les démontait puis les assemblait à nouveau. Parfois, sans lever la tête, il lui tendait une vis, un ressort, ou une roue minuscule et il disait : « Tiens, Alex, tiens ça bien. » Et Alex, prenant sa respiration, tenait bien.

Devant son verre vide, Vassili retarde encore son départ. Il a, dans son estaminet désert, des forces à trouver auprès d'un homme mémoire aux sourcils langoureux et d'un guerrier silencieux au passé sibyllin.

– Vous vous rendez compte, les moujiks veulent prendre le pouvoir, explique-t-il posément. Nous, les fils de blancs, mais fils de quelque chose, on a des mains trop fines, des rêves trop élevés, des nuques trop raides. On veut porter l'association plus haut, on veut même l'ouvrir à tous, Russes ou pas, aujourd'hui, quelle importance ? Ce qui compte, c'est la nostalgie du pays perdu, tout le monde a un pays perdu, non ?

Paco se retourne depuis le fond de la salle, regard dubitatif vers Vassili, puis hochement de tête prudent vers Alex. Mais Vassili, qui n'est pas parti, est en marche :

– Ah ! ce qui compte vraiment, c'est d'être capable de partager les souvenirs comme on partage un caramel sur un quai de gare. Mais, eux, par la barbe d'un vieux-croyant, ils râlent, ils font des mines longues comme ça : on n'est plus chez nous, ce n'est plus comme avant, les traditions, les soirées, les Rameaux, la dormition, et tout et tout. Alors, ils ont volé notre fichier et ont envoyé des papillons à tous les adhérents, le comité n'est plus légitime, votez pour nous, avec nous vous retrouverez le goût du thé dans le samovar et le roucoulement de la balalaïka.

Rinçant le verre d'eau, Alex apporte son soutien comme il peut :

– Vous réglerez ça plus facilement que vous ne croyez, vous verrez. Vous restez longtemps ?

– Avec leurs histoires, il faut rédiger une profession de foi... Inouï, en trente ans, il n'y avait jamais eu besoin d'en arriver là... Et puis, envoyer le matériel de vote, les procurations, sans compter les coups de fil, et s'il le faut une réunion, voire deux, des cris, des invectives, des insultes peut-être. Tout ça pour, si on gagne, en reprendre pour cinq ans, alors que ça mange tellement de temps.

Luciano avait deux filles, Anna et Maria. Dans les premières années, Maria nous rendait visite depuis l'autre versant. Elle ressemblait à maman, mais elle riait plus souvent. Ensuite, elle n'est plus venue.

Le silence qui suit est agité de souvenirs, chacun les siens, chacun son pays perdu. Celui d'Alex est immergé dans une eau glacée, un lac trouble et glacé.

Finalement, Vassili lève le camp.

L'après-midi s'écoule fluide. Paco se débarrasse d'un gêneur avec diplomatie, un grand brun aux dents cariées et à la voix éraillée insistant pour offrir un gin-fizz à une étudiante en jupe écossaise accaparée par son portable.

Tout en préparant ses commandes, Alex remonte désespérément la piste Bastien. Il lui faut des munitions pour appeler Maggy.

Il erre autour de la terrasse comme elle était en janvier, quand Bastien n'avait que le nez cassé. Il réentend chaque parole prononcée, poursuit chaque mot, croise chaque regard.

Parfois, front humide, il s'accoude au comptoir, interrompu par la voix de Paco, allô, ne raccroche pas, ce monde aussi est là pour toi. L'autre monde est si délicat qu'il se déchire au moindre filet de voix.

C'est finalement du côté de la blanche qu'il fait mouche. Bastien, qui n'était rien, se voyait en haut de l'affiche et rêvait de poudre aux yeux. Mais la poudre au nez donne un trop-plein de confiance, sur un ring c'est danger.

Urgence, a dit Sandra.

Il faut appeler Maggy sans avoir eu le temps de classer ces souvenirs-là. Alex choisit provisoirement pour jalon de mémoire l'expression de Trumeau quand, de retour de la Bastille, il est contraint d'abandonner, avec la meilleure conscience du monde, un petit animal torturé.

La démarche est inhabituelle, mais c'est aussi la première fois que Maggy fait appel à lui pour un crime de sang. Il connaît son numéro direct, épelé un soir d'hiver devant un verre de Delirium.

Elle a la voix lasse, rauque et lasse, en décrochant, et ne se méfie pas quand il propose de passer au commissariat.

— Entre six et sept, suggère-t-il, l'heure creuse, Paco s'arrangera.

— Je t'attendrai, réplique Maggy, soupçon de mélancolie dans la gorge.

Le regain, lui avait appris Lucas le chauve un jour qu'ils avaient ensemble mené les bêtes en champ, c'est l'herbe qui repousse après la fenaison. Quand sème, disait-il, on sème aussi pour le regain, ça fait un regain épais. On fauche le foin, puis on fauche le regain, et les deux sèchent ensemble au fourrage. Une fois jaunie et séchée, l'herbe fauchée en premier et l'herbe du regain sont comme des sœurs qu'on ne saurait pas séparer, ou qu'on ne saurait plus.

Tout l'après-midi durant, il prépare son expédition. Glober un texte entier en quelques minutes, voire en quelques secondes, est un exploit, même pour lui. Il stocke des images d'enfance, celles qui restent quand tout le reste disparaît, le bois du lit, le baiser papillon d'Anna, la flèche d'Indien taillée par Luciano, dernier cadeau du vieil artisan, la tache sur le mur qui se transformait en démon à la nuit tombée, le rire diabolique de la chasse d'eau, et le doigt dans le miel au-dessus du buffet de l'oûtô.

Jamais il n'avait réussi à travailler ainsi en parallèle, les commandes en tâche de fond, BL, Affligem, Corona, et en programme interne, toutes ressources sollicitées, l'empilement des souvenirs comme des crochets saillants en chambre froide n'attendant plus que les morceaux de chair saignante.

Il est presque sept heures au carillon Saint-Vincent quand il pénètre les locaux de la rue François-Raoult. Il est attendu. Le planton lui indique le chemin; le bureau de Maggy est à l'étage.

La porte est entrouverte.

Elle est debout, joues fuchsia, épaules en posture de combat, quand il se glisse à l'intérieur.

En face, un jeune policier armé comme un Playmobil et pâle comme une porcelaine de Limoges.

Maggy parle bas et cadencé, toute de violence contenue.

– Ah ça, quand on sort de l'école, si on ne va pas en BAC, on est un moins-que-rien, un démotivé, une fiotte. La BAC ou rien, hein, on est rentrés pour ça, pour être des chasseurs, pas comme les autres, pour être des soldats…

Le soldat de plastique serre sa casquette des deux mains, comme pour assortir la couleur de ses phalanges à celle de son teint.

Maggy n'en a pas fini.

– Mais, vous savez lire, poursuit-elle en désignant une affiche encadrée des trois couleurs et placardée au mur de droite, on apprend à lire à l'école de police, oui ou non ? BAC, Brigade anti-criminalité, ça devrait ramener des crimes, nom de nom, pas des vendeurs de gris-gris à la sauvette, pas des Roumains avec enfants et sans contrat de travail ! C'est pas parce que vous êtes en manque de crânes en fin de nuit qu'il faut collectionner les contraventions. Flic, c'est un métier, putain, un putain de métier peut-être, mais un métier, comme carreleur ou ajusteur, et ce que vous portez, c'est un uniforme, bordel, pas un habit de lumière !

Alex globe l'affiche. Autant de mots qu'il pourra tenter d'intégrer avec Sandra quand tout cela sera terminé.

Le Playmobil ouvre le premier bouton de sa chemise. Maggy entame la péroraison finale.

– Si vous n'avez rien, eh bien vous n'avez rien, mais vous n'êtes pas là pour faire du chiffre, c'est notre fric à tous, et, au-delà, c'est notre dignité, vous comprenez ça ?

Il acquiesce en silence, nuque offerte. Toute parole déclencherait une nouvelle salve.

– Allez, conclut Maggy, presque calmée.

Alors que le flic soldat se retourne vers la sortie, elle ajoute la touche maison.

– Encore une chose… N'oubliez jamais, quand vous interpellez, Roumains, Sénégalais ou beurs de cités, n'oubliez jamais qu'*on n'est pas en guerre…*

Regard d'incompréhension sous la panoplie.

– Tant pis, siffle Maggy, disparaissez !

Dès qu'ils sont seuls, elle esquisse un sourire en direction d'Alex. La petite médaille en forme de colombe vibre encore sous le bandana.

Alex déballe ses provisions, herbe et poudre, vert et blanc, quelques noms, quelques situations, rien qui pointe vers la banlieue sud.

Maggy sort le dossier en l'écoutant.

Tendu comme un arc, il n'a que quelques secondes pour glober les pages du rapport de la police scientifique. Mais sa réserve d'images est prête à l'emploi, sa technique éprouvée. Les débuts et les fins de lignes en premier, en repérant les similitudes et les variations, les milieux ensuite, accrochés des deux côtés. Son cœur halète, son estomac se tresse jusqu'à la gorge.

Il a presque fini, il manque un jalon.

Il faut choisir, sur-le-champ.

Chercher dans l'instant, c'est chercher proche. Amère ironie, il choisit l'expression de Maggy quand en fin de nuit elle ouvre les yeux, s'assied sur le lit, dépose sans se couvrir un regard sur ses seins fatigués et, inclinant une nuque défaite, lui sourit.

Loi de l'urgence, urgence fait foi. Pour une femme qui lui a la veille ouvert sa confiance, il est prêt à trahir la confiance d'une autre femme qui l'épaule depuis des années.

Maggy souffle sur sa mèche rebelle. Ce bureau retiré ne connaîtra jamais le vent printanier.

Il sent qu'elle aurait envie de le retenir un peu, juste un peu, mais il doit se retirer.

Vite.

Car il y a un mot qu'Alex sait glober, même à l'envers. Sous les photographies rougies, en caractères gras, isolé dans une liste annotée au crayon, il a repéré un mot de cinq lettres, pas plus, à faire frissonner tout homme de bonne volonté : mafia.

13

À pied, pour rejoindre le boulevard des Diables-Bleus depuis le commissariat de la rue François-Raoult, il suffit de continuer tout droit puis piquer à droite vers la place André-Malraux, ce n'est qu'à quelques pas. Mais, quittant Maggy le cœur un peu gros, Alex se dirige de l'autre côté, direction boulevard Gambetta, qu'il descend ensuite vers la rue Hoche.

À l'angle, sur la gauche, c'est l'entrée du jardin public, murs de brique bas, hauts cyprès en sentinelles ouvrant sur une interminable allée rectiligne. S'il accompagne un instant les rares promeneurs s'y engouffrant, mères ou nounous avec enfants, le regard découvre le long de ce chemin bitumé des rangées de tuteurs clairs guettant les pousses nouvelles.

Alex n'entre pas.

Il est à destination.

Son parcours dans la ville est balisé de points fixes, monuments, statues ou vestiges du passé. Bateau ivre harcelé de détails fluctuants, il vient régulièrement s'arrimer à ces rochers impassibles où le mouvement est figé et l'immobilité vivace.

Il a demandé une photo de Maria. Ange a fait comme s'il n'entendait pas. Anna s'est retournée.

Sur un socle cubique comme ces fours de brique qu'on trouve en Pologne, se dresse l'étrange objet qu'il est venu retrouver. Ici, à cet angle de rue si proche du bureau de Maggy, c'est, en hommage au syndicat Solidarité, une turbulente métallurgie à forme humaine, chevaliers, ouvriers, figures de proue levant haut leurs bras armés. Les fers tirés pour tuer sont condamnés à l'horizontale, les fers croisés au ciel composent infailliblement des cathédrales.

Il connaît chaque angle de leurs corps béant au vent de la ville, si bien qu'il entend, vibrant en eux, le vent de la ville prendre forme et enfanter les idées. Il faudrait, comme aux sept villages le blé ou l'avoine, pouvoir chaque printemps semer une idée pour à l'été la voir germer.

Il ne prend qu'un instant, mais vital, pour saisir des deux mains le métal forgé, éprouver le froid, en écho la chaleur du sang, frissonner et sentir l'idée. C'est à ce prix qu'il peut intégrer les événements du jour, tous ces ciels brouillés à réparer, et regagner le courage d'agir.

Au-dessus du moulin, dévalait le ruisseau. On avait installé des dalles d'ardoise pour les enfants, comme un toboggan qui nous jetait dans l'eau dormante où plongeaient les pales glissantes. L'été, comme ça, les enfants des sept villages et de la même école passaient leur temps à réveiller l'eau dormante en riant.

Ensuite, tout en marchant, il appelle Sandra. Elle décroche à la première sonnerie.

– Allô, ose-t-il avec en tête l'image de Paco pianotant sur le comptoir…

– Oui, Alex ?

Sandra a le ton tendu du qui-vive, pas celui de la panique. Il se lance :

– Sandra, il faut qu'on se voie, comme on a dit.

– Merci, Alex, je vois ça, je vous rappelle.

La voix n'est pas seulement déterminée, elle s'adresse à lui.

Cette simple pensée justifie tout, trahison de Maggy comprise. Quand elle l'apprendra, il faudra bien que ce jour vienne, elle attrapera son bandana comme un col trop étroit et ses lèvres souriront à l'envers sous des yeux plissés. Ensuite, elle videra lentement son verre de Delirium et laissera la monnaie sur le comptoir avant de quitter *Les Deux Mondes*.

Sandra raccroche, pensive, et, yeux fermés, incline la tête en arrière sur le fauteuil du salon.

Raphaël pose sa pipe mais garde sur les genoux *Éros et Thanatos*, édition fatiguée fraîchement restituée par le relieur.

Ce soir, il est rentré plus tôt. Le fait qu'on soit vendredi n'a pas à être interprété, c'est lui-même qui l'a déclaré tout de go en franchissant le seuil.

– C'est qui, cet Alex ? éructe-t-il.

– Rien, un sujet.

– Tu te prends pour la reine d'Angleterre ?

Sandra se redresse.

– Un sujet d'expérience, ça va, je t'en ai déjà parlé.

Demi-sourire dans la barbe poivre et sel. Qui n'annonce en général rien de bon.

– Parce que, les sujets d'expérience, non seulement tu les appelles, par leur prénom qui plus est, mais encore tu les rappelles ?

– Je fais ce que je veux, Raphaël, je suis grande, j'appelle, je rappelle, je suggère, je sujette, j'expérience… Tu vois, tout ce que je veux, je fais.

– Sauf la cuisine. Il est huit heures et demie, tu ne crois pas qu'on pourrait dîner ?

Sandra n'a pas le temps de se mettre en colère. Elle enfile sa veste. Au moment de sortir, elle lance :

– Tu comptais dîner à la chandelle, peut-être, et naturellement le fait qu'on soit vendredi n'a rien à y voir ?

Elle regrette instantanément la pique gratuite en apercevant le visage de Raphaël dans le miroir de l'entrée. Un projet de vie qui s'écroule donne aux traits une expression particulière, à moins que ce ne soit une couleur.

Quelques instants plus tard, elle rouvre la porte. Elle a oublié son sac avec le mobile Fulvio. Raphaël est déjà au téléphone. Elle évite de le croiser des yeux pendant cette courte incursion, étrangère soudain dans sa propre maison, mais elle sent son regard arrimé.

Sur le palier, elle hésite, puis choisit l'escalier.

Dehors, elle appelle Fulvio, puis Alex, voix serrée.

Elle n'a pas atteint le coin de la rue qu'ils ont rendez-vous tous les trois, le lendemain en fin d'après-midi, chez Renata.

La nuit a été difficile avec Raphaël. Elle a refusé la réconciliation sur l'oreiller, mais au matin, dans la salle de bains, elle l'a laissé faire. Ce fut mécanique et bref, souffle court, souffle isolé. Ensuite, assis sur le tabouret, il a pleuré.

Elle est sortie.

Besoin d'un café.

Elle arrive un peu en avance à Échirolles. Il lui échoit de faire les présentations, elle se doit d'être à l'heure.

Le restaurant possède une cave aménagée, à laquelle on accède par une entrée indépendante. Fulvio est déjà là. L'idée la traverse qu'il a dormi ici, que malgré l'heure tardive il n'est pas réveillé depuis longtemps. Il porte un cardigan vert bouteille et un pantalon de velours. Rasé de frais, il a les cheveux humides, ramenés en arrière. Il faut un moment à Sandra pour réaliser ce qui a changé : il ne porte plus de lunettes. Les verres de contact, ce ne peut être que cela, donnent à son regard un aspect vulnérable et lumineux.

La cave comprend plusieurs salles. Renata les installe dans la plus grande, voûtée mais haute, dont le centre est occupé par une table de billard vernie style 1900, érable ou noyer, jupe oblique sculptée, pieds à boules striées. Le plafonnier, trois abat-jour alignés, projette sur le tapis vert des ombres portées croisées comme des anneaux.

Table basse et quatre fauteuils crapauds, le coin salon les attend. Renata y a déposé une cruche de jus d'orange ; elle propose des cafés pour plus tard.

Ils prennent place. Alex surgit bientôt, une feuille de papier à la main. C'est un alphabet, minuscules et majuscules, police machine à écrire, tracé à l'encre de Chine. Un œil attentif observerait que certaines lettres sont manquantes, pas les mêmes dans chaque catégorie. Sandra connaît la technique.

– Alex a retranscrit les lettres du rapport, explique-t-elle à Fulvio, il va ensuite nous les désigner dans l'ordre et nous, nous réécrirons le texte.

Fulvio est étonné mais confiant. Aussi incroyable que soit ce que dit Sandra, il le croit puisque c'est Sandra qui le dit.

Il leur faut moins d'une heure ; Alex et Sandra ont l'habitude de fonctionner ensemble. Il montre les lettres, les appelle parfois par leur nom, elle écrit. Ils hésitent un peu au début, puis le mécanisme se met en place, un rythme s'installe. Par moments, ils se regardent et se sourient. Chacun des deux fait ce que l'autre ne sait pas faire.

Fulvio est éberlué à présent. Mais, au fur et à mesure que s'écrit le duplicata clandestin, il s'assombrit. L'enquête a établi la signature du crime. Une balle unique à la base de la nuque, calibre 9 x 21 mm, développée spécifiquement pour les tireurs civils de la péninsule, qui, en raison d'une législation particulière, n'ont pas accès aux munitions militaires de l'OTAN. Si un doute persistait, l'arme utilisée est un Beretta 98FS, une arme semi-automatique de fabrication italienne, relativement volumineuse mais d'une grande fiabilité. Associé à ces spécifications, le mode opératoire est caractéristique d'une branche très urbaine de la Camorra, la mafia napolitaine connue pour ses ramifications politiques.

Ange souriait. On le distinguait mal à contre-jour. Ange souriait à son fils unique, le soleil lui éclaboussant la nuque. « Quand je reviendrai, avait-

il chuchoté, la classe sera finie. L'année prochaine tu iras en bas, dans la vallée. Mais avant ça, à l'été, je t'emmène en tournée. »

Quand il s'est déplacé, soleil d'un côté, visage d'Ange de l'autre, Alex a cillé vers ces astres jumeaux qu'il ne pouvait ni l'un ni l'autre regarder en face.

Alors qu'Alex, épuisé, s'est affalé sur un coussin et, une main sur le ventre, garde les paupières closes, Fulvio et Sandra poursuivent leur dissection du document.

Bastien, qui revendait de l'héroïne en petites quantités, aurait été contacté par l'organisation pour fournir des renseignements précis sur lesquels le rapport ne dit rien du tout. En possession d'une partie des informations, il aurait, selon certaines de ses fréquentations locales, manifesté l'intention de « faire chanter et danser la banque ».

Le soir est tombé sur la ville, mais dans la cave de Renata on ne s'en est pas aperçu. Un silence s'est installé.

Sandra fixe Fulvio, masque tendu.

– Fulvio, tu avais dit que tu parlerais. Fulvino, c'est le moment ou jamais.

Fulvio regarde Alex, qui n'a pas bougé depuis un moment, puis se tourne vers Sandra. Elle intervient sans une ombre aux prunelles.

– De lui, Fulvio, je réponds comme de moi. Tu peux tout dire, rien ne sortira d'ici.

Fulvio sourit.

– Ah, *ragazza*, tu me ferais faire n'importe quoi. J'ai passé ma vie à me cacher, à me méfier tous azimuts et, à présent, je vais tout déballer, mes secrets si bien gardés, devant un… *scusi* Alex… un indic !

Alex ouvre les yeux. Sous ses paupières tombantes, nostalgie permanente, veille une fierté de maquisard. Il se lève.

– Je sors, si vous voulez, mâche-t-il en détachant les mots.

– Non, restez, *prego*, s'il y a une chose que j'ai apprise pendant cette cavale de presque trente ans, c'est que les risques ne sont pas à calculer, ils sont à… *Come si dice in francese* ? Ils sont à éprouver, voilà, c'est ça, à éprouver.

– Et là, murmure Sandra, tu éprouves quoi, Fulvino ?

– Une intuition qui passe, comme ça, et qui me dit que la chance n'est pas comme le facteur, *ossessione, ossessione*, il lui arrive de ne sonner qu'une fois.

Alex se rassied. Il sert un verre de jus d'orange et le tend à Fulvio, qui s'en saisit mais ne le porte pas à ses lèvres.

Sandra ôte ses lunettes.

– Tu as quelque chose à voir avec la Camorra, Fulvino ?

– C'est plus compliqué que ça, *bella*.

Elle inspire longuement ; il se tourne vers Alex.

– Je raconte. Au moins, avec vous, je sais qu'il n'y aura pas besoin de répéter.

Alex se touche le front, comme il fait souvent, doigts tendus au milieu du front.

– Pardonnez-moi, marmonne Fulvio comme à lui-même, c'est difficile, *scusatemi*.

Alex sert un nouveau verre de jus d'orange, qu'il tend à Sandra. Elle refuse du plat de la main. Fulvio s'adresse à présent directement à Alex.

– Mon père a fait la guerre. Et après la guerre, il est resté dans l'armée italienne. Le *maresciallo capo* était un homme simple, un Napolitain, bien sûr, mais avant tout un Italien de la terre d'Italie. Il n'avait pas l'esprit de conquête des Romains, ce n'était pas un légionnaire aventureux, il était solide, fidèle, fiable… Une sentinelle… C'est cela, mon père était une sentinelle.

Sandra est pâle. Elle est résolue à tout entendre mais Fulvio doit rester Fulvio, elle n'est pas prête à réécrire le livre de sa propre vie.

Il y avait une pièce derrière l'oûtô dont seul Ange avait la clef. Il s'installait, posait les appareils à réparer qu'on lui avait confiés, et les démontait puis les assemblait à nouveau. Parfois, sans lever la tête, il lui tendait une vis, un ressort, ou une roue minuscule et il

disait : « Tiens, Alex, tiens ça bien. » Et Alex, prenant
sa respiration, tenait bien.

– Je vois, lâche Alex.

Fulvio avale son jus d'orange. Tout en laissant
l'épais liquide lui descendre dans la gorge, pomme
d'Adam aux aguets, il observe Alex fixement.

– Ce n'est peut-être pas un tel hasard après tout,
glisse Sandra, si l'on se retrouve ici tous les trois.

Fulvio repose le verre vide en soupirant.

– Une sentinelle… Alors, quand on lui a proposé
de faire partie des *stay-behind*, ceux que les *boys* ont
laissés sur place pour organiser la guerre de partisans
en cas d'invasion soviétique, il n'a pas eu d'hésitation.
Assurer les arrières, il avait fait ça toute sa vie.

Sandra se lève et va jusqu'à la table de billard. Elle
prend la boule blanche en main, et la fait rouler contre
sa paume.

C'était fin janvier, pendant la foire de la Sainte-
Ours. Luciano avait dit : « Je garde le petit » et ils
avaient été coucher tous les deux chez ses copains de
Giustizia e Libertà, la résistance antifasciste, avec
lesquels il avait résisté.

C'est juste derrière la montagne, c'est pas loin.

Les copains des vieux sont aussi des copains, mais
plus vieux, taiseux sans doute au sujet des pales de
moulin, châtaignes et cabanes tressées.

155

Pendant la journée, à la foire, Luciano présentait les pièces de bois sculpté, ses éperviers à lui, les chevaux d'Ange aussi. Le soir, on remballait et l'on s'invitait entre ceux de la Grande Maison, Valais, Val d'Aoste et Savoie.

On l'avait laissé veiller. Vers minuit quelqu'un avait dit: « Au moins, au maquis, on était réunis. » Il n'avait pas compris.

– Et ces types-là, tu les as connus? questionne Sandra, pâle appréhension dans la voix.

Fulvio fourrage dans ses cheveux. Une mèche cendrée lui retombe sur le front.

– C'était sa famille, donc forcément ma famille. Au moment de la piazza Fontana, j'étais trop jeune, j'ai cru ce que tout le monde disait, *maresciallo* compris. Ensuite, avec la boxe, je naviguais à vue. J'ai été embauché par un patron qui faisait les foires, les réunions amateurs et les championnats régionaux. Dans les foires, on se faisait défier par des types, parfois on les laissait prendre quelques points, ensuite on se faisait plaisir. Dans les championnats, c'était une autre histoire. Une drôle de vie, jamais en place, camion, réunions, soirées de victoire, soirées de défaite, on buvait pareil…

Renata, jupe marine et ballerines assorties, entre avec les cafés.

– Vous restez autant que vous voulez, précise-t-elle en déposant tasses et verres d'eau sur la table basse. Si ça vous dit, j'ai des *tagliatelle al pesto*.

– Merci, Renata, sourit Sandra. C'est trop gentil.

– Trop gentil oui ou trop gentil non ?

Rapide coup d'œil, les deux hommes restent silencieux. Sandra statue.

– Trop gentil oui. On n'a pas fini.

– *Allora prego, Signorina…*

La porte refermée, Fulvio poursuit son récit.

– Un soir, le *maresciallo* m'a présenté un officier du SID, Servizio Informazioni Difesa, un homme de Vito Miceli. On a discuté. Quinze jours plus tard, j'entrais dans Gladio, le groupe des sentinelles, le Glaive, les centurions. La mission ultime consistait à empêcher les communistes d'accéder au pouvoir. À cette époque, les communistes italiens, Berlinguer, compromis historique et tout le tremblement, participaient à la coalition gouvernementale.

Reposant la boule blanche, Sandra rechausse ses lunettes. Puis elle attrape la boule rouge.

– Gladio, autant dire les fascistes, quoi !

Son ton vibre comme un fil tendu entre colère et stupeur.

– Si tu veux, Sandra, mais les gars de Gladio étaient des soldats. Et les ordres venaient de très haut.

– Et les ordres qui vous concernaient ? interrompt Alex, surpris de sa propre hardiesse.

Fulvio lui fait face, presque à reléguer Sandra. Un inexplicable courant passe entre ces deux-là. À Naples, on paie pour voir, à la montagne, on attend pour savoir.

– On appelait ça la stratégie de la tension… Entretenir la terreur pour éviter d'avoir à partager le pouvoir avec les envoyés de Moscou. Infiltrer les Brigades, les pousser au crime, dans certains cas signer le crime à leur place, tout était bon.

– Et pour entretenir la terreur, ricane Sandra, rien de tel qu'un boxeur napolitain.

– Oh, Sandra, j'ai souvent voulu te parler, mais comment te dire ? Surtout avec ce qui s'est passé après… Enfin, oui, c'est comme ça que je me suis retrouvé avec les Brigades. On était plusieurs, certains en bas, avec moi, d'autres en haut, tout en haut… Je faisais mon rapport une fois par mois.

Sandra laisse choir la boule de billard sur les pierres de taille du sol. Elle rebondit, résonance, écho, cliquettement, puis roule jusqu'aux pieds d'Alex, qui la ramasse. Silence. Fulvio avance la main. Sans hésiter, Alex lui tend la sphère pourpre.

– La suite, ce n'est pas tellement difficile à imaginer. Dans mon groupe des Brigate rosse, il y avait une *ragazza rossa, rossa di capelli*… Et la honte est venue. J'aurais fait n'importe quoi pour elle, même tout balancer. J'attendais le moment. Elle n'imaginait tellement pas… tellement pas… Elle n'a pas eu le temps de comprendre, les *carabinieri* l'ont tirée dans la rue, en pleine rue, après une simple opération de collecte d'impôt révolutionnaire. Elle est tombée sur le trottoir, en travers. Non, elle n'a pas eu le temps. Et moi sous le porche, pauvre de moi, figé comme une carpe, sueur glacée, plus rien dans les poings, puis détalant comme un lapin. Je ne lui ai pas dit au revoir…

Il baisse les yeux, puis, relevant la tête comme malgré lui, contraint par une invisible main de fer, il fixe un point imaginaire au-delà du mur voûté.

La porte s'ouvre. Le plat de tagliatelles fume devant Renata. Elle le dépose prudemment sur la table, reprend les cafés, laisse les verres d'eau et s'efface. Pas un mot n'a été prononcé.

Sandra tremble un peu.

– Et ensuite, Fulvio ?

Il se redresse, yeux brillants, sans doute les lentilles.

– J'ai compris un peu plus tard, après Bologne. Trop évident qu'on n'y était pour rien… Les Brigades étaient des marionnettes. J'étais un montreur, mais marionnette aussi, dans les mains d'un autre montreur, plus grand, plus habile, mieux caché…

Sandra ôte à nouveau ses lunettes. Pour balayer une larme, cette fois.

– Et la mafia, alors ?

– Il y a toujours eu des liens. La loge P2 et Gladio, c'est comme le pouce et l'index, le pouvoir, les couloirs du pouvoir, les sombres corridors, les égouts. Depuis que les Français sont prêts à extrader les anciens brigadistes, tout le monde me recherche : la police française, la police italienne, et maintenant, j'ai compris que la mafia aussi, pour protéger Gladio, ou les ombres derrière Gladio. Bastien, c'était le dernier chaînon avant le nettoyeur. Pour un type comme moi, précise-t-il une ombre amère autour des lèvres, ils n'envoient pas n'importe qui...

Quand le ciel se couvrait du côté de la Négresse, les gestes étaient comptés. Chacun savait ce qu'il avait à faire, et chacun le faisait.

— Vous ne pouvez plus rester à Grenoble pour le moment, énonce Alex calmement.

— On peut se tutoyer, répond Fulvio.

Par là-haut, les congères et le verglas, on n'y coupera pas... Dans son chalet perdu, on pourrait y mourir les deux, personne ne nous retrouverait jamais.

Les derniers mots de Vassili résonnant en lui, Alex jette un regard de côté vers Sandra, puis se lance.

— Fulvio, je peux te dire, j'ai une idée.

Sandra éclate en sanglots, et rit au milieu des sanglots.

— Excusez-moi, bredouille-t-elle, c'est nerveux.

Fulvio se lève jusqu'à la table en bois verni. Il s'approche lentement de Sandra, regards croisés, gestes esquissés, puis il la serre contre lui, face à lui, puis il la repousse à peine, la regarde encore et la serre encore.

– Il est temps, conclut-il, de manger les pâtes ensemble, *al dente*, ça ne supporte pas de refroidir. Alex nous expliquera son plan autour du plat. De toute façon, moi, de plan, je n'en ai plus.

14

Il est minuit passé quand Sandra rejoint le duplex de la rue Garibaldi. Raphaël n'est pas couché. Dès le vestibule, on est assailli par l'odeur de pipe insinuée depuis le salon. À travers la porte vitrée, elle perçoit le brasillement de la télévision allumée son coupé.

Elle passe se changer dans la chambre. Les menaces issues du document d'Alex et les révélations en écho de Fulvio, un pan de vie à rebâtir, ont imprégné ses vêtements jusqu'à la fibre. Elle se déshabille et jette le tout, pull, culotte et soutien-gorge, dans le panier de linge à laver. Une douche s'impose.

L'eau chaude la rassure. Elle a besoin d'y entrer tout entière, mettre la tête sous l'eau et laisser ruisseler. Le shampoing sera bienvenu, mais plus tard, tant pis si cela dure un peu. De toute façon, Raphaël ne s'est pas encore manifesté.

Extraite de la cabine, une serviette enroulée autour de la tête, elle enfile son peignoir et passe mécaniquement dans la cuisine. Quelques rogatons de fromage à même le plan de travail, constellés de miettes de pain bis. Saisissant sa respiration, elle pénètre au salon.

Raphaël est endormi.

Elle éteint la télévision, il ouvre les yeux.

– Sandra, murmure-t-il, ta réunion a duré si longtemps ?

– Écoute Raph, j'ai quelque chose à te dire.

Il se redresse, il se lève même, lèvres pâles, discrète rougeur aux pommettes surplombant la barbe mouchetée.

– Je crois que je sais déjà, mais vas-y.

– Qu'est-ce que tu crois ?

– Vas-y, je te dirai ensuite.

– Non, maintenant tu en as trop dit ou pas assez. Qu'est-ce que tu crois ?

– Je crois que tu as quelqu'un.

Elle secoue la tête en soupirant, puis en inspirant par à-coups.

– Tu te trompes, Raphaël.

Rictus acerbe dans la barbe poivre et sel.

– Je pensais que c'était toi qui me trompais. Mais puisque tu le dis.

Lèvres à peine ouvertes, elle lui rend son sourire et approche.

– Viens, on s'assied.

Ils prennent place sur le divan, adossés aux accoudoirs, chacun d'un côté. Le peignoir s'entrebâille sur les cuisses encore humides. Raphaël avance le bras, puis le repose, puis croise les bras. Sandra réajuste le pan indiscipliné.

– Raphaël, je dois partir.

– Tu veux dire me quitter ?

– Non, juste partir, je dois partir quelques jours.

– Tu veux me quitter quelques jours… C'est ton droit, mais ce n'est pas ton devoir.

– Oh, Raph, s'il te plaît, tu ne peux pas renoncer à ce ton-là ? Droit, devoir… On n'est pas dans un prétoire. J'ai juste besoin de partir quelques jours.

Sur la table basse, dans le cendrier, gît sa pipe éteinte. Il la saisit et entreprend de tapoter le fourneau contre sa paume, rythme caverneux étouffé.

– C'est quoi, alors ? Un voyage d'affaires ? Ou un subit besoin de prendre l'air ?

– Je ne prends l'air de rien, Raphaël, mais je dois partir, juste quelques jours.

Le martèlement de la pipe devient saccadé.

– C'est cet Alex, n'est-ce pas, ton fameux « sujet » ?

– Je te dis que non, lâche-moi avec ça.

Il se relève. Il a pris du volume depuis quelques années. Alex est à peine plus jeune, mais sa silhouette a gardé sa fluidité. Raphaël tourne autour de la table. Il ne renonce pas.

– Tu sais, finit-il par poser, lèvres pincées, ça n'a pas été facile pour moi de te prendre pour femme. Toute la famille m'avait dit : « On ne peut pas refaire le monde, ne va pas chercher trop loin ta compagne, tu le regretteras, un jour ou l'autre, ta maison ne sera plus ta maison… »

Prendre femme, toute la question est là, mais une question de fond qu'il n'est pas l'heure d'aborder. Elle pare au plus pressé :

– Attends, Raphaël, ne t'emballe pas, il ne s'agit que d'un voyage de quelques jours…

– … mais je me suis obstiné. J'ai cru que je pourrais avoir raison contre les anciens. Des deux rives pourtant ils m'avaient averti… Je me suis dit que les traditions n'étaient pas tellement importantes, que ce qui comptait, c'étaient les personnalités, toi, moi, les valeurs à partager, le chemin pour avancer, la route à trouver, la cabane à construire…

Elle dénoue la serviette et s'ébroue. Une fine rosée l'enveloppe. Les boucles acajou se reforment sous la brume.

Raphaël s'interrompt. Sa pipe lui pend au bout des doigts.

Sandra jette un coup d'œil circulaire au salon, bibelots, monographies, manuels, grelots, photographies, mensuels, tous ces objets accumulés. Voyager avec Alex, par la force des choses, ce sera voyager léger. Les bagages à l'arrivée, une expérience à tenter.

– Oui, ponctue-t-elle après un instant. On était bien d'accord là-dessus.

– … Je ne crois pas, je ne crois plus. Sur la route que j'ai trouvée, Sandra, et je n'ai pas d'autre route à prendre, je suis tout seul.

Il a les bras ballants à présent, écolier en cour de récréation dont les agates ont glissé sous le préau.

Si elle pouvait, elle lui donnerait du temps. Mais le temps est court. Il y a un homme à sauver.

– On reparlera de tout ça, Raphy. Là, je dois partir.

Il lâche sa pipe, qui rebondit sur le parquet.

– Reste, reste pour moi.

– C'est impossible, je ne peux pas.

Il recule d'un pas.

– Et si je te supplie ?

Sandra tortille la serviette entre ses mains, puis, comme un baluchon, la replie sur l'épaule, larmes perlées aux paupières.

– Ça ne servirait à rien, conclut-elle en se retournant vers la salle de bains.

15

S ur le zinc, geste leste, Alex élague du flanc de sa spatule le col de mousse de la gueuze Mort Subite. Paco la dépose ensuite sur son plateau. En lui tendant la grenadine et l'inévitable BL, Alex l'interroge :

— Tu peux rester un peu ce soir ?

— *No problema*. C'est pour quoi ?

— J'ai un service à te demander. Un grand service.

— Normal, je suis serveur. On discute tout à l'heure.

Une main à la ceinture, l'autre sous le plateau, il se dirige à pas légers vers le coin aux miroirs.

Après les Ollier, la ferme la plus proche était celle des Grésy. La même année, les Grésy ont eu deux paires de jumeaux, des veaux et des garçons. Quand les veaux sont parvenus à l'âge de l'abattage, la mère Grésy a demandé qu'on les laisse en vie. Mais qui pourrait, par chez nous, nourrir des bêtes comme ça simplement pour le plaisir ? Il a fallu les vendre. Les jumeaux Grésy, marchant lentement pour qu'on les voie bien passer ensemble, ont porté le crêpe pendant une quinzaine au moins.

C'est l'heure. Rideau de fer baissé jusqu'à mi-hauteur, ils restent à l'intérieur et s'assoient. Alex, genoux serrés, sur une des chaises de terrasse qu'on a rentrées, Paco, sur une table du milieu, jambes pendantes, à côté d'une chaise renversée. Alors qu'il s'apprête à parler, Alex tourne la tête vers la porte, qui est encore entrouverte. D'un bond, Paco va la fermer, réintègre son perchoir et, petit geste de la main, fait signe qu'il est prêt à écouter.

— Voilà, pose Alex, on n'a pas de nouvelles de Vassili, et moi, je dois m'absenter.

— Vassili n'a pas prévu un très long voyage. Tu devais partir quand ?

— Je pars demain. Paco descend de la table, tourne autour en esquissant quelques entrechats et, s'appuyant sur le poignet, effectue un souple rétablissement pour s'asseoir sur le zinc. Le visage encadré des deux mains jointes, il s'enquiert :

— Alex, en vingt ans, tu n'es jamais parti. Pas une fois, ni vacances, ni congé, ni maladie, pas une fois tu n'as manqué.

Alex baisse la tête.

— Remarque, convient Paco, chacun a droit à sa vie privée.

Ange a fait comme s'il n'entendait pas. Anna s'est retournée.

Elle a quitté la chambre, pas comptés puis résolus dans l'escalier. Elle est revenue avec une photo de Luciano qui tenait par les mains ses deux filles. De l'index, Anna a indiqué : « Elle est à droite, en jupe claire, l'autre, c'est moi. »

La lune était pleine. Alex a laissé longtemps, dans la nuit cristalline, son regard osciller de la fille en jupe sombre à la fille en jupe claire.

— Paco, c'est sérieux.

D'un saut, son ami est à ses côtés. Il est de ceux qui peuvent accompagner sans comprendre.

— Alors, tu fais ce que tu as à faire. Je me débrouillerai.

— C'est bien comme ça.

— Tu me laisses les clefs ?

Alex les lui tend, confiance de Fédor, confiance de Vassili, est-il en train de trahir, et qui ? Escamotant le lourd trousseau, doigts de prestidigitateur, ombre et lumière, Paco demande encore :

— Juste comme ça, une idée qui traverse : il y a danger ?

— Peut-être, Paco, je ne sais pas, et puis…

— Et puis ?

— Il y a autre chose.

— Tu veux dire ?

Le maître avait une blouse grise avec un col ouvert. Il faisait les trois classes, mais aimait à les rassembler quand il pouvait. Quand il ne pouvait pas, calcul, dictée, ou sciences naturelles, il disait parfois : « Les grands, je continue pour vous, les autres, vous écoutez. »

Alex se lève, emprunté, gracile. Le corps a des faiblesses que l'âme sait refuser. Des yeux, il scrute le sol au-delà du sol.

— Difficile à expliquer… Il y a si longtemps que je ne sais plus lire.

— Tu globes, tu te souviens, tu te débrouilles très bien comme ça.

— Je dois faire un voyage, pas pour moi, mais qui me rendra peut-être… Oh, je ne sais pas.

Arrimé au parquet pourpre des *Deux Mondes*, le regard d'Alex pénètre le passé. Paco n'est pas du voyage, mais il sait ce qu'on risque à tourner les yeux de ce côté-là.

— Tu pars, tu peux toujours revenir. Tant que tu balises le chemin, tu sais, comme le Petit Poucet… Tu fais ça comme personne.

— Ce voyage-là, Paco, je ne le ferai pas deux fois.

— Alors, il y a danger, conclut Paco, yeux fixés sur un inaccessible horizon intérieur.

16

L e hall de la cafétéria *Les Bons Enfants* est enchâssé entre une boutique de produits diététiques et le saillant immeuble Victor-Hugo. Sandra s'y engouffre sans prêter la moindre attention aux flux entrant et sortant.

Quelques instants plus tôt, elle est passée sans y penser devant la boutique de mode où elle a accompagné Marielle à l'occasion, style casuel pour prof réservée, pas son genre. Et l'éclaboussure reçue devant le cybercafé, fumeur à collier ras, regard lubrique, est déjà rincée.

Il n'y a plus le temps pour les petites choses de la vie.

Elle grimpe à l'étage.

Vers le fond, mais éloigné des fenêtres, Fulvio l'attend devant un *espresso* qui n'a rien d'italien.

Elle a eu un moment de flottement sur le seuil avant de le repérer. Vêtu de couleurs criardes, imposante médaille autour du cou, cheveux frisés, c'est bien lui, mais il ne se ressemble plus. La technique éprouvée de la lettre volée : savamment orchestrée, l'évidence est la meilleure des cachettes.

– Désolé, murmure-t-il dans un français un peu lent mais dépourvu d'accent, il faut ce qu'il faut.

Prenant place face à lui, Sandra esquisse un sourire réflexe et perçoit brutalement l'étreinte de sa gorge : impossible de prévoir quelle note en sortira, inflexion claire ou entravée, quand il faudra parler.

La transformation physique insiste encore sur la gravité de l'heure. En vingt ans, il y a eu des nuages, des alertes, et même des avertissements. Aucune situation n'a approché celle-ci en intensité.

Pâle et proche, elle tente comme elle peut de se rassurer :

– On fait au mieux, non ?

Sa voix sonne juste, en fin de compte.

– Certainement. Cette idée, ton ami, c'est inespéré.

Élégante façon de lui rappeler qu'aucun nom propre ne sera prononcé.

Sandra a la bouche sèche.

– Je peux ? glisse-t-elle en attrapant la tasse de Fulvio.

– Je t'en prie, mais je te commande quelque chose, si tu veux.

– Alors, un chocolat, convient-elle non sans avoir trempé ses lèvres dans le café presque froid.

Fulvio fait signe à la serveuse, large sourire assorti à la médaille.

– Oui, poursuit-il, inespéré, car aucune connexion n'existe entre lui et moi… Alors s'il peut vraiment retrouver sa maison au milieu de nulle part, sans connaître l'adresse qui plus est, aucun sorcier ne me dénichera là-bas, ni les sorciers gris, ni les sorciers bleus, ni les sorciers noirs.

– Tu sais, ce n'est pas gagné.

– Je sais bien, mais il ferait n'importe quoi pour tes brunes prunelles, *bel…le*.

Elle croise les bras et incline la tête, regard vague.

Sa pensée s'évade.

Il y a une route, il y a du soleil, elle avance, s'épuisant sous le soleil, bras chargés de tant de paquets précieux, lourds et précieux. Raphaël est plus loin, de dos, il rentre chez lui, les mains vides. Elle l'appelle, il n'entend pas, ou bien il entend mais ne se retourne pas. Soudain Alex est à ses côtés, tombé d'un mirage, de nulle part, sac à dos chargé flétri par les années. Il transpire accablé par le même soleil. Se retournant doucement, il s'agenouille, sac ouvert. Il reste un peu de place, je porterai pour vous, la route est longue, autant la faire à deux, c'est bien par là qu'on va, n'est-ce pas, c'est bien par là ?

Le chocolat est arrivé dans l'ombre du mirage. Sandra sursaute. Fulvio sourit.

– C'est vrai, convient-elle, réchauffant ses paumes contre la tasse, qu'il a tant de ressources en lui, tant d'incertitude aussi… Je le connais depuis plus d'une année et là, en quelques jours, je découvre…

– Si ça fonctionne, coupe Fulvio, je peux m'en tirer, j'ai une chance.

– Tu vois ça comment ? interroge-t-elle en attrapant la cuiller.

– La cavale, c'était adapté tant qu'il n'y avait après moi que les gris et les bleus. Mais à présent, avec les corbeaux, et les corbeaux vont souvent par deux, un devant, un derrière, pas de place au hasard, il est temps de rentrer à l'écurie.

Sandra cesse de remuer le liquide onctueux fumant encore entre eux.

– L'écurie, c'est le box, non, et pour longtemps ?

– Il y a quelqu'un dans un poussiéreux bureau de Turin qui, depuis des années, travaille sur les liens entre le Glaive et une certaine opération Condor en Amérique du Sud. C'est un fonctionnaire opiniâtre, méthodique, qui avance pas à pas, sans rien négliger. Un de ces juges en bois brut, ininflammable, avec qui on peut se mettre à table. Entre ce que je sais, ce que lui sait, et ce qu'il veut savoir, l'animal ne devrait pas rester très longtemps au fourrage sec, disons pas plus d'une année ou deux.

Sandra attrape sa tasse et, à petites goulées, laisse le liquide lui caresser la gorge.

– Pourquoi pas tout de suite, dans ce cas ?

– Parce que les corbeaux ont des regards d'aigles ces temps-ci. Il faut les laisser tourner, se fatiguer un peu, relâcher leur attention. Alors, il y aura une éclaircie, et le chemin de Turin s'ouvrira, juste le temps nécessaire, je sais qu'il s'ouvrira.

– Et après ?

– Après, il y aura tant de gens au courant de ma vie que ma vie ne vaudra plus, disons... un vermisseau.

Sandra repose la tasse vide. Le chocolat rassure à l'intérieur.

– À présent, je vois l'image en entier.

– C'est doux, belle, de partager le paysage.

– Il est peut-être plus praticable qu'on ne l'a imaginé. En tout cas, précise-t-elle en se levant, je te donne des nouvelles, tu sais comment.

Elle passe aux toilettes, ventre noué, puis, devant le grand miroir commun, réajuste sommairement sa coiffure, doigts tendus. Les mèches auburn retombent en cascade.

Quand, une minute plus tard, elle quitte l'immeuble et se mêle d'un pas vif aux passants de la rue Guétal, elle ne prête pas plus d'attention à l'activité ambiante qu'à son arrivée.

Il lui eût cependant suffi d'un coup d'œil en arrière pour repérer Raphaël, sortant hâtivement du magasin d'antiquités où il s'était discrètement abrité.

17

Elle aurait préféré mettre une jupe, mais pour un voyage en montagne, on ne peut jamais prévoir le temps, surtout à la fin du printemps. C'est donc le vieux jeans toile denim noire qu'elle sort de la penderie. La taille est bien placée aux hanches, le coton velouté sur les cuisses, pas de gêne en conduisant. Avec le pull marine col V à même la peau et les tennis grises, la silhouette est tout de même acceptable, à son image, féminité discrète, mais féminité.

Le sac polochon, cuir vieilli, amples bandoulières et zip central, est prêt depuis la veille, affaires de toilette, sous-vêtements de rechange, un autre pull-over, plus chaud, on ne sait jamais, un chemisier coton, et, au dernier moment, sa jupe longue en tweed, qui n'ira pas très bien avec les tennis, mais bon. Dernier remords, elle sort les chaussures de marche à lacets et semelles caoutchouc. Celles-là ne vont avec rien, mais s'il faut marcher, elles iront toutes seules.

Raphaël a dormi au salon. La veille, quand elle est rentrée, il était là, comme souvent, comme avant, devant la télévision allumée sans le son. Elle s'est couchée sans le réveiller. Au matin, il y était encore.

Ils se sont croisés ensuite, pendant son petit déjeuner à lui, bol de café, balcon, évier. Elle a tenté une phrase ou deux, il n'a pas répondu, puis il a commenté un article du journal sur l'immobilier, peut-être serait-il judicieux d'acheter son cabinet au lieu de continuer à louer, il faudra parler.

Quand elle a mis son sac à l'épaule, il était encore là, raide, se grattant la barbe par intervalles, quelque chose qui le démangeait sans doute depuis plusieurs jours, une allergie ou une manifestation psychosomatique, il n'y a pas que les patients qui y ont droit.

Pas de baiser d'adieu, juste un au revoir sur la joue, celle qui pique des deux côtés, puis, comme un remords, un geste avorté, une main d'homme qui aurait volontiers accroché une hanche ou un sein, empreinte de femme, les hommes aussi, parfois, sont tenus d'éprouver en creux.

Accroupi sur les talons, Alex verse l'eau, le lait et les légumes dans les gamelles alignées sur la tommette. Pas de viande, elle se conserve moins bien, et puis, si besoin est, Trumeau sait se servir vivant.

Perché, devant la glace, sur le manteau de la cheminée, le chat noir et gris observe chaque geste du coin de l'œil. D'habitude les préparatifs de repas l'attirent implacablement; il accourt à babines défendantes, toute honte déglutie. Mais ce matin, est-il repu de sa nuit interlope ou perçoit-il le trouble ambiant, il reste à distance, prudent, inquiet probablement. Ce repas-là est une réserve, y toucher d'emblée serait inconséquent.

Alors qu'Alex se redresse en se tenant le dos, Trumeau l'ignore délibérément, soudain affairé à une toilette improvisée, patte à l'oreille, queue en appui circulaire.

Le maître avait une blouse grise avec un col ouvert. Il faisait les trois classes, mais aimait à les rassembler quand il pouvait. Quand il ne pouvait pas, calcul, dictée, ou sciences naturelles, il disait parfois : « Les grands, je continue pour vous, les autres, vous écoutez », ou bien : « Les moyens expliquent aux petits. »

Pour la morale ou les histoires qu'il lisait, il n'y avait pas de problème, tout le monde embarquait.

Avant chaque vacance, Noël, Pâques et les grandes, mais après les compositions, il y avait toujours une histoire. Cette année-là, il a raconté la fondation de Rome, les jumeaux tétant la louve, le sillon creusé dans la lagune et le combat des deux.

Il est l'heure. Alex descend quatre à quatre les escaliers sombres. Outre la brosse à dents, le dentifrice et le matériel de rasage à main, il a jeté dans son sac à dos fatigué de quoi se changer deux fois et des chaussures de marche, s'il faut marcher dans la montagne.

Il s'extrait de l'immeuble indifférent, qui est sa maison depuis si longtemps. L'Isère est sombre, pas de reflet du ciel, ou bien le ciel et le lit de la rivière partagent les mêmes pigments. Tout est si simple quand les choses ne sont que ce qu'elles sont.

Sur le quai, la circulation est fluide. Il sait de quel côté Sandra viendra, c'est de ce côté-là qu'il se tourne.

Un voyage avec elle, une échappée à deux, même si le motif est extravagant. Le temps est pourtant récent où un innocent rendez-vous au parc l'a troublé au point de disperser les jalons de sa mémoire et d'escamoter son sommeil. Ce temps-là a fui, il s'est évaporé, comète happée par l'espace hagard. C'est à présent d'une respiration posée qu'il l'attend, agir enfin, agir à deux, souffles couplés, ouvrir le couvercle, donner sa chance à la lumière, choisir la lumière.

Il ferme un instant les yeux pour interrompre le flot d'informations stériles mécaniquement enregistrées par ses intraitables rouages secrets. L'air est sec, il neige peut-être en haut. Quelques battements d'ailes de pigeons, mous et paresseux, parviennent à ses oreilles, attestant de l'affaissement du ciel. L'ouïe a pris le relais de la vue ; coûte que coûte la pression de la mémoire doit être maintenue.

Quand il se décide à rouvrir les yeux, la Fiat Punto grenat mordant sur le trottoir fait des appels de phares. À travers le pare-brise moiré, Sandra lui sourit, pull marine et boucles brunes, reflets feu.

Il s'approche, elle sort de l'auto à sa rencontre. Ainsi sont-ils là tous les deux sur le quai, par ce jour couvert où s'accommodent le ciel et la rivière.

Il désigne son sac :

– Je le mets dans le coffre ?

Elle relève ses cheveux comme en sortant de l'eau.

– Ah, vous avez un sac à dos ?

– …

– Excusez-moi, c'est idiot, quand les hasards de la vraie vie se mettent à résonner avec ceux qu'on a pu imaginer, ça fait toujours une impression bizarre.

Il ne répond rien, mais ses sourcils tombants acquiescent pour lui. Sonate pour vie à vivre et vie à rêver, carrousel du déjà-vu, manège de l'imprévu, il habite ce pays-là depuis longtemps, bienvenue.

Elle ouvre la porte arrière, désigne la banquette.

– Mettez-le ici, avec le mien, propose-t-elle doucement, ça sera plus pratique.

Assise au volant, Alex sur le siège passager, Sandra promène un regard circulaire. Entre la Bastille et l'Isère, la montagne et la rivière, il y a un espace à inventer, une porte étroite à trouver. Il y va de la vie d'un homme qui l'a accompagnée depuis des années et de l'avenir d'un autre homme, prisonnier du passé, qui n'a pas hésité à tout bouleverser pour s'engager à ses côtés.

– Cette fois, Alex, dit-elle en souriant, nous sommes embarqués. Direction ?

– Albertville, murmure-t-il, pour commencer.

Elle prend sa respiration, serre les doigts sur le volant, jette un coup d'œil au rétroviseur et démarre. Alex boucle sa ceinture comme un mousqueton, mais demeure interdit, tête basse, longues jambes désemparées.

Au carrefour de l'Europe, la route abandonne la montagne ancienne pour piquer vers la montagne nouvelle, dents acérées, cimes enneigées, nuages révérencieux.

– L'idée d'un refuge par là-haut, c'est venu de Vassili, lâche enfin Alex comme s'il répondait à une question tout juste posée. Il est parti du côté d'Ugine, chez un ami de son père qui habite un chalet au-dessus, vous savez, les toits de lauze qu'on faisait dans le temps…

Sandra n'aime pas conduire vite. Elle se laisse dépasser par une Mitsubishi blanche, flancs piquetés d'éclaboussures cendreuses, avec deux paires de skis accrochées sur le toit. Une longue file de voitures suit. Elle tient prudemment sa droite, même un accrochage aujourd'hui serait une malédiction.

Les conventions, psycholinguistique, expérience, hypermnésie, protocole, tout a disparu. Il n'y a plus qu'eux deux, qui peuvent compter l'un sur l'autre à défaut de pouvoir chacun compter sur soi-même. Elle parle avec un naturel perdu depuis l'enfance et retrouvé en un instant.

– Votre plan, ce village, cette maison de famille abandonnée, pour Fulvio, c'est inespéré… Je ne pourrai jamais vous remercier assez.

Alex se tient les genoux avec les mains, il les recouvre de ses grandes phalanges blanches faites pour palper le bois, tenir des outils lourds et précis, et qu'on voit souvent agripper l'air comme font les nourrissons ou les vieillards.

Depuis toutes ces années, sauf exception, ses souvenirs, quand il les a livrés, ont toujours été destinés à Maggy, mémoire extirpée, même en douceur, clichés intimes exploités à des fins inaccessibles. Maggy a su demander et recevoir. Elle a su créer un lien, un fil tendu entre eux, noué de désespoir à chaque extrémité.

Mais aujourd'hui, il n'y a plus commerce, même équitable, même charitable, il s'agit tout simplement d'un don, libre, évident, de lui à elle, c'est lui, c'est elle.

– Il ne faut pas me remercier, répond-il d'une voix claire, sans la regarder.

La circulation est dense sur l'autoroute au cœur de ce dimanche matin. La saison alpine n'est pas terminée. Allongé sur sa machine, genoux repliés, casque intégral et combinaison de cuir noir, un motard impénétrable virevolte, agile entre les files.

Mal installé dans une petite Citroën à injection louée la veille en hâte, hâve, barbe irritée, rougeurs cachées, larmes aux paupières prêtes à déborder, Raphaël file la Punto à quelques centaines de mètres, tandis que la moto gravite alentour, tantôt devant, tantôt derrière lui.

18

Il est plus de midi quand, ayant remonté tout le cours de l'Isère, ils parviennent à Albertville. Ils n'ont faim ni l'un ni l'autre. Ils ont passé une heure côte à côte, la première, la première pour de vrai, hors cadre, mots simples, silences, résonances, et ce double but poursuivi ensemble, et ce double trouble éprouvé ensemble.

Cœur battant de la Combe de Savoie, la ville est au carrefour de quatre vallées. Ils sont à la croisée des chemins. Quittant l'autoroute, ils demandent la direction du commissariat. C'est la seule voie pour Alex, le passage obligé. Pour gravir la montagne et retrouver la maison en bec d'épervier, il faut parcourir à l'envers la pente de sa vie brisée, revenir au dernier moment de montagne, s'y encorder et grimper. Il n'aurait jamais osé tenter seul l'ascension, constamment projetée, invariablement différée.

À présent, ils sont deux à grimper.

Elle ressemblait à maman, mais elle riait plus souvent. Avec les yeux et avec le menton, elle pointait vers le haut, comme si l'on pouvait d'ici apercevoir l'autre côté.

Sandra gare la Punto sur la place du Pénitencier. Alex s'en extrait, plus souple qu'on ne l'aurait imaginé. Clignant des yeux, il fait quelques pas dans la lumière de midi. C'est de là qu'il doit repartir, pour un improbable voyage dans le passé, temps et espace conjugués, tenir en équilibre sur la crête du temps passé en s'appuyant sur les rochers du temps présent.

Il fait quelques pas, ébloui par la lumière grise filtrant à travers les nuages. Il tourne la tête vers la gauche, vers la droite, puis, yeux grands ouverts en plein midi, il pénètre la pénombre du soir tombé, gravé si profond en lui.

Il est ici, mais hier.

Il ne voit plus ce qui est, mais ce qui était.

Alors, cavalier mélancolique chevauchant à rebours depuis ces mêmes lieux, il discerne le trajet tout entier.

Sandra est vaguement inquiète, sans bien savoir pourquoi. Elle avance jusqu'au milieu de la chaussée, s'intègre à la circulation, laissant les rares véhicules la frôler, conducteurs étonnés ou goguenards, certains égrillards. Croiser une fille en jeans et pull V qui pivote comme ça sur la voie sans chercher à traverser suscite questions et interprétations, voire klaxons. Mais, sourcils froncés, Sandra ne s'en soucie pas. Elle virevolte, observe, vive comme l'eau claire.

Après quelques instants, soudain consciente d'elle-même, elle baisse la tête, et revient vers la place. Aucun indice, aucun visage connu ou identifiable n'est apparu au volant des autos transitant en plein midi de ce côté de la ville.

– C'est par là, conclut enfin Alex, bras tendu, désignant les massifs foisonnants par-delà le lit de l'Arly.

Déposée par l'horizon proche, la brise couve. L'air sent déjà le sec, glissant ses pointes sous la tendre moiteur de la mi-journée.

Ils reprennent place dans la petite berline grenat.

Tournant le dos à l'Isère, ils traversent l'Arly, qu'ils longent ensuite pendant quelques centaines de mètres. La route d'Ugine est juste après le pont. Il suffirait de suivre la rivière pour retrouver Vassili et ses Russes nostalgiques, et ses Russes contestataires et ses Russes universels.

Vassili, la première main tendue… Il en parlera, un jour il en parlera à cette femme qui conduit à ses côtés et qui respire à ses côtés. Il y avait eu les foyers, pas de famille d'accueil, seulement des foyers : les premières années, le juge l'avait stipulé, ensuite ce n'était plus possible, à cause du sommeil qu'Alex avait perdu et du suivi médical rapproché qu'il fallait assurer. Quand, de Vienne, il a quitté le dernier centre, avec sa valise presque vide et sa boîte à chapeaux remplie d'assiettes en faïence couleur du ciel, il a fallu trouver du travail, c'est-à-dire avouer, avouer sans cesse, pour la lecture et pour le reste.

Vassili, lui, n'a rien demandé, ni papiers ni références. Il s'est contenté de lui tendre une chaise attrapée d'une main par le dossier : « Garçon, porte-la donc à cette table, au fond. » Alex, paupières tristes et lèvres closes, l'a saisie et placée dans la salle désertée en fin d'après-midi. Sur le chemin du retour, deux chaises étaient posées de travers ; Alex les a redressées. Vassili a souri.

Par la suite, au-delà de la confiance, s'est établi entre eux comme un lien de sang. Ils entendent la même mélodie, ils perçoivent les mêmes couleurs, ils sont du même pays, celui qui a tout perdu sauf le souvenir et celui qui est perdu dans le souvenir.

À la récréation, les trois classes ont fait cercle autour des jumeaux Grésy. « Allez, allez-y ! » entendait-on, confusément d'abord, voix sourdes abritées derrière une épaule ou remodelées par le vent, puis claires, ouvertes et crues, avec la dernière syllabe prolongée, comme un plaisir devancé.

« Allez-y, les Grésy ! » Chacun, les grands, les moyens, et même les petits, voulait voir la scène en vrai, le combat des deux frères pour la terre qui ne peut

être qu'à un seul, le combat pour Rome et l'avenir du monde.

Les Grésy se sont regardés, se sont souri, et sont entrés dans le cercle.

Ils s'engagent sur la route de Beaufort, qui prend doucement de la hauteur en s'éloignant de la rivière. Premiers talus de coton gris, sporadiques, sur le bas-côté. La circulation se fait plus rare, quelques voitures en face gagnant la ville, et, dans le rétroviseur, un autocar alerte, enfants ou grands-parents, avec son probable cortège de conducteurs exaspérés, cous tendus en quête d'une fugace opportunité de dépasser.

Raphaël est parmi eux, ventre noué, poitrine vaincue. Sur le siège vide à ses côtés, le sandwich auquel il n'a pas touché et la bouteille d'eau en plastique qu'il a depuis longtemps vidée.

Quant à la moto étincelante et noire chevauchée par l'homme en noir, il ne l'a pas remarquée ; elle pourrait avoir disparu. Seules les deux buses variables en chasse planée au-dessus du massif sauraient la repérer sur l'ancienne route en surplomb, exclusivementfréquentée par quelques véhicules utilitaires indifférents et les gamins du pays qui font du vélo du dimanche en rêvant de faire de la moto.

Sandra aimerait bien passer le volant, mais Alex est exclu de conduite comme de tous les codes écrits, inutile de poser la question.

– Vous reconnaissez toujours le chemin ? demande-t-elle, plus pour parler que pour se rassurer.

Alex essuie une perle de sueur sur son front. Le paysage lui distille un parfum entêtant. Approchant du Venthon et s'élevant toujours, la route borde la vallée touffue du Doron. C'est ce Doron-là, le Doron de Beaufort, qui a ses hautes eaux au printemps et même à l'été, à cause de la fonte des neiges, et qui se resserre en hiver, jusqu'à mériter son nom, qui par chez nous signifie torrent. La voix du plus âgé des deux gendarmes ruisselle encore dans sa mémoire. La route remonte le cours du temps.

– J'y suis, répond Alex, croisant les bras, genoux fébriles repliés sous le menton.

Elle sent sa peur, son courage aussi. Il affronte aujourd'hui ce qu'il a toujours fui. Il n'est pas temps de se demander pourquoi, ni même pour qui. L'urgence consiste à lui tenir la main devant ce passé inconnu, qui ne peut qu'abriter des fantômes aux yeux creux.

– Alex, vous pouvez me passer mes lunettes de soleil, dans mon sac à main sur la banquette ?

Il saisit le sac et le pose sur ses genoux. Sans l'ouvrir, il le tient entre ses deux grandes mains jointes, comme on réchaufferait un oiseau blessé.

– Oui, c'est ça, merci, il y a un compartiment avec une fermeture éclair. Les lunettes sont dedans.

Alex demeure interdit. Sandra perçoit son hésitation. Elle pourrait s'en agacer ou s'en émouvoir, elle s'en émeut. Ouvrir le sac à main de l'autre est un geste de couple, la demande est venue sans y penser. En y pensant, ce n'était pas arrivé depuis longtemps.

Sachant qu'Alex, à son corps défendant, cataloguera tout le contenu dans l'instant, elle précise, souriant, regard droit devant :

– Vous pouvez ouvrir, n'hésitez pas… Allant là où l'on va et sachant ce qu'on sait, on n'aura bientôt plus grand-chose à se cacher.

Il ouvre, elle entend le zip, il lui tend les lunettes et referme le sac. Est-ce une impression, ou bien il s'est tourné vers la vitre passager pendant toute l'opération ?

Le maître avait quitté la cour pour téléphoner, on l'a senti à la façon dont les grands s'interpellaient et les petits tourbillonnaient.

C'est ensuite venu naturellement. Quand un cercle est formé avec deux garçons au centre, cela arrive parfois. L'écho est monté, doux d'abord, ensuite plus fort, par degrés, accents rauques, accents perçants : « Du sang ! Du sang ! » scandaient les enfants, souriant de toutes leurs dents et des dents manquantes aussi.

Les jumeaux se sont rapprochés, puis empoignés, mais au lieu de lutter, il se sont serrés l'un contre l'autre, lente accolade bras enveloppants, sourires hermétiques, et se sont chuchoté quelque chose à l'oreille. Chacun d'eux écoutait, chacun des deux parlait. D'où qu'on fût sur le cercle, seul un dos apparaissait.

Le silence est retombé sur tous, la cour s'est engourdie.

Ensuite, les deux Grésy se sont écartés. Un signal, sans doute, d'eux seuls connu. Double mouvement tournant, bras tendus et leurs deux index pointant vers Alex.

– À jumeaux, jumeau et demi, ont-ils crié d'une seule voix avant de rire aux éclats.

Alors Alex, à son tour, est entré dans le cercle.

La route s'élève sans à-coup. On passe, ou l'on aperçoit, des villages et des hameaux, que Sandra, aux panneaux délavés, désigne à mi-voix. Alex sans y penser globe les noms des lieux de son enfance : Marolland, Queige, La Ville, Bonnecine, Villard, et enfin Beaufort. C'est la dernière ville, ocre et Sienne aux murs, pots en floraison aux balcons, clocher protecteur, toits pentus, et le donjon beige rosé de la mairie planté comme un crayon.

Sandra hésite. Alex fait signe de stopper. Il sort, allure de faon mal assuré, et promène son regard sur la route, qu'il considère alternativement dans les deux sens.

– Nous allons devant, toujours devant, lâche-t-il en se rasseyant.

– C'est la route de Roselend, indique Sandra.

– Le lac et le Cormet, réplique Alex en écho.

– Le Cormet?

– Un col de montagne, c'est revenu d'un coup. Après, nous quittons la route.

Reposant les mains sur les genoux, il prend une longue goulée d'air, puis referme la portière.

À peine a-t-elle quitté Beaufort et sa lumière colorée que la Punto plonge entre les lèvres obscures du défilé d'Entreroches. Sandra allume les phares. Les congères creuses renvoient quelques chatoiements indécis. Alex relève son col. Confisquant la lumière, la faille creusée par le Doron dans le granite siliceux s'insinue dans l'habitacle.

Ils se taisent.

La parole humaine cède spontanément devant la véhémence de la Nature, qui rend palpable l'humaine condition. Les sens fusionnent et s'amalgament. La magie opérant, ils se conjuguent en une perception globale.

Enveloppés tous deux par la nuit fugace tailladée dans la montagne, Alex et Sandra ont délaissé les mots sans abandonner la conversation.

Ils n'émergent du défilé que pour aborder les lacets abrupts menant au col du Méraillet. Une pointe de nausée guette Sandra dans les virages. Alex lui passe la bouteille d'eau. Tenant le volant d'une main en réduisant la vitesse, elle boit rapidement deux gorgées au goulot et la lui rend.

– Allez-y, dit-elle simplement.

Et Alex, pomme d'Adam offerte, se désaltère de la même eau.

On le distinguait mal à contre-jour. Ange souriait à son fils unique, le soleil lui éclaboussant la nuque. « Quand je reviendrai, avait-il chuchoté, la classe sera finie. L'année prochaine tu iras en bas, dans la vallée. Mais avant, à l'été, je t'emmène en tournée. »

Quand il s'est déplacé, le soleil d'un côté, son visage d'Ange de l'autre, Alex a cillé vers ces astres jumeaux qu'il ne pouvait ni l'un ni l'autre regarder en face.

Veillant à ne jamais laisser sa carrosserie apparaître en entier dans la ligne de mire d'un rétroviseur, Raphaël suit à quelques centaines de mètres. Avec tous ces virages, même sans circulation ou presque, la filature est aisée. Il les négocie au ralenti, guettant le seuil de visibilité. Il a même prévu de faire machine arrière en cas de troupeau de vaches ou de moutons.

Rien qu'à la pensée qu'il fait bien ce qu'il fait, tout en évitant consciencieusement de se demander si ce qu'il fait est bien, il se sent mieux, il respire mieux. Le nœud au ventre est toujours palpable, entre attente et appréhension, mais le souffle est unifié. Cette piste-là fait partie de son chemin, la suivre n'est pas un choix. Ou bien c'est respirer qui est un choix.

La moto, en contrebas, use à l'envi sa bande de peur, terme motard pour la partie du pneu restée intacte quand le pneu est usé. Plus la bande de peur est étroite, plus le pilote prend d'angle dans les virages. L'angle, c'est le saisissement de la vie. On ne fait pas de moto autrement. L'homme et la machine font corps, l'un prolongeant l'autre selon un axe immuable.

L'équilibre, palpitant paradoxe.

Chaque discontinuité du revêtement, chaque épingle à cheveu, chaque virage en dévers sont prétextes à prise d'angle et préludes à saisissement.

19

Surplombée par les Rochers du Vent, la route vient border le lac qu'aucune brise ne saurait perturber. C'est la montagne qui frissonne au contact de l'eau. La rive d'en face accueille la lumière, les plaques blanches s'isolent avant de mourir.

De ce côté-ci, ce sont les sapins, l'ombre qui plane. L'ubac lui appartient. Elle ne craint pas l'été. Chaque soir lui apporte sa chair, chaque nuit la rassasie.

Sandra pousse un peu le chauffage. Alex ne peut détourner son regard de la surface liquide immobile.

Instant suspendu. Les reflets sont estompés par la densité de la lumière ambiante, nimbant toute la scène d'une aura lunaire. Le ciel est sourd. Le miroir regarde au ciel, il est aveugle.

Sans changer de position, Alex pense à haute voix.

– J'avais un cahier de chants et récitations… On l'avait couvert un soir avec mon père, en papier kraft bleu. Je savais lire. Je crois…

Sandra a les joues brûlantes à présent. Depuis plus d'une année qu'ils travaillent ensemble, elle attend ce moment entre deux eaux où la mémoire d'Alex ne remplacera plus la lecture mais lui permettra de la revivre.

— Vous croyez ?...

— Que si je retrouvais ce cahier, je saurais encore.

— Vous savez chanter ?

La question ne le surprend pas, on chantait aux veillées, on chantait en allant ramasser les fagots de rames, ou les châtaignes, ou quand on allait mettre les vaches en champ. Même en trayant, parfois, on chantait.

— Il y avait « La jardinière du roy » : *On dit que la plus fière, c'est toi, c'est toi...* entonne-t-il à mi-voix. Sandra sourit ; il suffit d'un bout de refrain pour passer à travers le miroir et se tutoyer enfin.

— Je la connais aussi. On la dansait en levant haut les pieds comme les laboureurs, enfin, oui, comme les jardiniers. À la fin ça donnait : *Et nous serons j'espère, toi, moi, moi, toi, jardinier, jardinière, du roi, du roi !*

Ils rient sans se regarder. Les deux se sont déclenchés au même instant. Ce ne sont pas là rires en écho, mais rires tressés.

Sandra s'interrompt la première. Elle attrape souvent des fous rires avec Marielle, mais depuis quand cela ne lui est-il pas arrivé en compagnie d'un homme ?

Alex est à présent trop avancé pour rebrousser chemin.

– Nous avions tous appris « Les sanglots longs », et « La chanson de Barberine », *Beau chevalier qui partez pour la guerre, qu'allez-vous faire si loin d'ici* ? J'avais autant de mal que les autres, à cette époque, pour apprendre et réciter. Pourtant, il y avait un poème qu'on n'avait fait qu'écouter, et que je me chantais le soir…

– Pour t'endormir ?

Il ne tressaille pas au tutoiement venu si naturellement. Il se contente d'un battement de cils, c'est acquis, comme depuis toujours.

– Oui, quand Anna ne venait pas. Je le chantais dans ma tête. *Au bord du grand lac paisible, je viens entendre souvent la voix d'un charme indicible, qui sait me parler doucement…*

– C'est doux, effectivement…

– Je revois la page ; sur la 21, il y avait le dessin d'une femme grecque, Irène, je crois. Je l'ai retrouvée sur un des piliers de la bibliothèque. Et en face, page 20, *Le Lac*, poème de Paul Gravollet, musique de Mendelssohn…

– C'est à cause du lac ? interroge Sandra, voix feutrée.

– Oui, répond Alex, oui, Sandra, c'est à cause du lac que, nous, on n'avait pas.

Il reste pensif, perdu dans un passé qui affleure. Sandra ne pose pas plus de questions. Le passé aussi a besoin de temps.

En parlant et chantant, ils ont passé la cascade, puis le Cormet. Uniformément recouverte à présent d'une fine pellicule blanche, la route est déserte. Tout juste perçoit-on en sourdine le ronflement essoufflé d'une petite cylindrée, qu'on a sans doute dépassée sans y prêter attention, et les trémolos d'une moto s'accordant allègrement à la montagne.

Quand il était petit, il ne comprenait pas les regards entendus, les sourires parfois, et les petits mots perdus. Cela faisait pâlir Anna. Ses lèvres se fermaient, tout le sang s'en retirait.

Alex, d'où qu'il fût, venait alors, même en courant, lui passer les bras autour du cou, ou juste une pression sur la main. Et le sang affluait.

Il ne comprenait pas, mais cela suffisait.

Et puis, ayant dépassé l'âge de raison et presque atteint celui du collège, autrement dit de la vallée, il a su repérer les remarques perfides et les insinuations – enfant unique, façon de parler ; heureusement qu'il ressemble à son papa ; tant qu'on a la santé ; tout ça ne nous regarde pas.

Il repérait, c'est tout, il n'intervenait pas, sauf la pression autour du cou d'Anna.

Mais, là, devant les trois classes, les Grésy avaient franchi le pas.

Avant même de le décider, il s'est jeté sur eux, tête baissée, comme il avait vu faire un grand l'année passée. Il avait pensé le faire, et soudain il le faisait. Seul contre deux, et deux qui sont comme un seul, il n'avait pas sa chance, mais peu importait.

Le premier lui a saisi les poignets, le forçant à s'agenouiller, tandis que le second lui montait sur les épaules. « À dada sur mon Alex ! » hurlaient-ils s'entre coupant de rires et de trilles.

« Du sang ! Du sang ! » se sont remis à marteler les enfants, s'accompagnant du pied, poings serrés, mâchoires contractées.

Avalant l'air par la tête plus que par les poumons, Alex aurait voulu s'envoler ou s'ensevelir, ou bien mourir pour de bon.

Le sol a basculé. Les graviers de la cour se sont mélangés avec les nuages du ciel. D'une pierre, deux coups. Seule façon de désarçonner son cavalier de malheur et surprendre sa doublure grimaçante, sans penser à la blessure, il s'est jeté à terre, face contre la terre gris clair de l'école aux sept villages.

Le temps d'un clignement d'ailes de corbeau, cour et préau confondus, les braillements ont cessé.

Il y avait du sang sur les graviers, un peu de sang mêlé. Ensuite, on a entendu les Grésy gémir en écho tandis qu'Alex douloureux endiguait son souffle.

Le rocher gagne imperceptiblement sur l'herbe jeune. La route de Roselend, confortablement appuyée sur ses lacets, s'apprête à plonger vers la vallée des

Chapieux. Au milieu d'un virage en épingle à cheveux, Alex se redresse et inspire profondément.

– Stop, c'est là qu'on va, murmure-t-il, désignant le chemin goudronné qui s'échappe par l'extérieur de la courbe. Sandra lit à haute voix le panneau :

– Les Chapieux 2,3 km, Col de la Seigne (2 516 m) 8 km. Si on continue par là, on va se retrouver en Italie…

– Bien sûr, réplique Alex, je ne peux pas faire autrement.

– Je croyais qu'on allait dans ton village d'enfance ?

Alex repose les mains sur ses genoux. Il est pâle.

– On avait bien dit qu'on suivait le fil ?

Sans le quitter des yeux, Sandra ôte d'une main ses lunettes de soleil, se passe l'autre dans les cheveux, puis, geste familier, replace les lunettes en serre-tête. Dans un soupir, elle avance le bras et enserre celui d'Alex.

– Tu as raison, bien sûr… Je ne sais pas pourquoi je n'y ai pas pensé, ton dernier souvenir, il descend d'Italie. C'est par l'Italie que passe le fil à tirer.

– Je n'ai pas d'autre chemin, murmure Alex, saisissant délicatement la main de Sandra sur son propre bras.

Ils s'attardent ainsi face à face quelques secondes. Sandra n'est plus psycholinguiste, Alex n'est plus un barman dyslexique. Ils sont deux dans la montagne, à la recherche d'un refuge et d'une vérité. Instant d'éternité, ils pressentent obscurément qu'ils sauront partager l'un et l'autre.

– Allons-y, lâche enfin Alex, il se pourrait qu'on ait à marcher.

Sandra rechausse ses lunettes et desserre le frein à main. La petite route n'est pas trop caillouteuse. Tant qu'il fait jour, on peut avancer sans danger.

Ange est venu un dimanche matin. Il est resté à la maison toute la semaine, Anna lui souriait et faisait le café chaud. Ils ont réparé des horloges, père et fils dans la soupente, et coupé du bois devant la grange.

Le dimanche suivant, Ange a regardé du côté de la Négresse, c'est de là que vient le temps, et il a lancé :

– Alex, prends ton sac, la tournée, c'est maintenant.

Le sac était prêt depuis longtemps.

On a tout juste passé la mi-mai. Le refuge de la Nova est ouvert. Un groupe de personnes discute sur le terre-plein, mosaïque blanche et verte, la porte est ouverte. Sandra regarde sa montre.

– Dommage, marmonne-t-elle, on n'a pas le temps de s'arrêter.

– C'est quelle heure ? demande Alex, qui ne porte pas de montre.

– Trois heures bientôt.

– Il y aura encore des refuges en haut, et de l'autre côté.

En montagne, la dénivellation n'est pas constante. La route serpente presque en permanence sur une ligne de faible pente, mais, entravé par le relief, le regard est presque prisonnier. Il ne s'échappe que par les rares trouées débouchant sur les massifs tranquilles retenant l'horizon.

Lorgnant la jauge d'essence, qui dépasse encore la moitié du réservoir, mais à peine, Raphaël a failli perdre la petite auto pourpre. S'il n'avait pas suivi machinalement des yeux une ligne de crête imaginaire, il aurait pris un virage de trop. Il a freiné brusquement, mais la zone était au soleil, la poudre blanche était fondue. Il n'a pas dérapé. Ensuite, il a cherché où pouvait se cacher un croisement. Faisant machine arrière, soudain aigu, il l'a trouvé. Il s'engage sur les gravillons en soupirant.

Seule la route goudronnée semble témoigner de l'empreinte de la civilisation. Une autre manifestation de cette présence, cependant, indécelable en permanence mais plus éclatante quand elle se manifeste, est portée par les ondes. Le mobile de Sandra sonne dans son sac. *Bella ciao*, la mélodie de Fulvio.

– Tu peux décrocher ? Là j'ai besoin de mes deux mains, demande-t-elle à Alex le plus naturellement du monde.

Alex ouvre le sac sans sourciller et prend l'appel.

– Allô ?

Après un silence de quelques secondes, la voix ensoleillée de Fulvio rebondit.

– Ah, Alex, j'ai failli raccrocher, *sangue di Bacco*. Sandra va bien ?

– Oui, elle conduit, ne t'en fais pas.

– Façon de parler, je suppose. Je change de lit tous les soirs.

– On monte. On y sera bientôt, mais…

– Mais ?

– Il y avait un détour obligé.

– Par où ?

– Par mon passé.

Nouveau silence, on perçoit la circulation en fond sonore. Le monde d'en bas bruit de mille maux, on ne le comprend que du monde d'en haut.

– Prenez votre temps, lâche enfin Fulvio. Les chats noirs ne sont pas prêts de me mettre la patte dessus.

– Fais ce qu'il faut, conclut Alex, évitant comme convenu de prononcer le nom de Fulvio.

Pour l'affection portée à cet homme, Sandra s'est mise en mouvement. Lui est là pour Sandra. Pourtant, chacun d'eux le sait sans le savoir, la pente gravie les porte ailleurs. L'homme ne prend pas de la hauteur impunément, et la montagne n'a que faire des motivations.

La moto suivait de loin. Elle a dépassé l'embranchement et poursuivi vers la vallée. C'est précisément la perspective fournie par la brutale déclivité qui alerte le pilote. Il freine. Il stoppe. Il met pied à terre, guettant l'apaisement du moteur. Satisfait, il relève sa visière et scrute le ruban gris s'enfonçant dans la pente.

Vide, trop vide.

Remontant prestement en selle et cabrant sa machine rugissante, il revient alors sur ses propres traces et à son tour découvre l'intersection dérobée.

20

La route est droite et presque plate jusqu'à Ville des Glaciers. Seule la sécheresse de l'air atteste de l'altitude. Il y a même une sorte de carrefour au centre du hameau, menant à une chapelle sur la droite.

Ce n'est qu'à quelques mètres. Alex et Sandra garent l'auto sur le petit parking de terre et marchent jusque-là, histoire de se dégourdir les jambes avant l'étape finale.

Une chapelle de pierre toute simple, avec une seule ouverture, rectangulaire, pour la porte, surmontée d'une fenêtre en demi-lune comme seule source d'éclairage. En surplomb, une mitre de cheminée à toit pentu garantit l'extraction de la fumée même en hiver, lorsque pèse un mètre de neige ou plus et qu'il faut dégager le seuil à la pelle.

Ils entrent, laissant la pénombre les envelopper. Gauche et emprunté en ville, Alex retrouve ici d'instinct les gestes adaptés, gestes de ceux d'en haut, pieds légèrement écartés en cas de défaillance du plancher, et une sorte de familiarité avec ce symbole de maison grandeur nature.

Sandra hésite à avancer. Il lui tend la main, qu'elle saisit aussitôt. Furtivement accroché par ses boucles acajou, le faisceau de jour joue aussi avec la texture de sa peau.

Être deux sous un toit, même un toit de fortune, laisse aller les pensées, qu'on le veuille ou non. Raphaël avait en son temps évoqué un dais nuptial, tradition, tradition, mais il avait été si maladroit qu'elle s'était arc-boutée sur ses positions.

Raphaël. Ni honte ni dignité. Dans ses jumelles, ils se tiennent encore la main, enfants en promenade, lorsque la chapelle les rejette enfin. Il était resté un peu à l'écart, derrière le grand bâtiment de gauche à l'entrée du hameau. De là, sa voiture était à l'abri des regards. Ayant entamé puis reposé son sandwich détrempé, il avait sorti les jumelles emportées au dernier moment.

Jamais Sandra ne lui est apparue plus désirable, est-ce son port de tête, sa façon de marcher, ou bien cet élan nouveau émergeant de tout son être même à travers les lentilles. L'homme dont elle est flanquée est comme un prisonnier qui se serait retrouvé hors des grilles à son insu, gestes inutiles et indolents, longueur de temps. Comme tout ce qui éblouit, l'étincelle de la vie induit sa part d'engourdissement.

– On continue, lance Alex, pas besoin de carte pour trouver son chemin.

Ils reprennent place dans l'habitacle. C'est tout droit, la route est glissante mais déblayée, la Punto est légère, bulle de savon incarnat, on peut avancer. Sandra ne craint pas la pente, Alex a choisi de ne plus avoir le choix.

Au refuge des Mottets, deux dortoirs en épi, que les gens de la ville prendraient pour des hangars. La route poursuit vers le col, et se perd dans le col. Droit devant, les pentes sont posées les unes sur les autres, plus loin, plus blanches. Il faut lever la tête pour rencontrer le ciel. Alex secoue la tête :

– On peut laisser l'auto ici. Ici, au moins, on est sûrs. C'est moins d'une heure et demie à marcher.

– Mais dans ton souvenir, avec les gendarmes, vous aviez tout fait en estafette, non ?

– C'était l'été. À l'été, on peut. Au printemps, ça dépend du moteur, aussi des roues qu'on a, mais c'est plus compliqué.

Il a jeté le sac dans la camionnette jaune, Ange Blandin répare tout, Ange Blandin répare tout chez vous, vite et bien. Et il n'est pas monté dans le fourgon, comme quand il était petit ou qu'un adulte accompagnait, non, cette fois il s'est assis à côté, place copilote, poste clef, tenir la carte, prévoir les bifurcations et toutes les difficultés.

C'était un dimanche de juillet.

Alex sort son sac à dos. Sandra a quelques affaires de toilette et du linge de rechange. Elle hésite. Il décide :

– Prends tout, j'ai de la place dans mon sac. Je porterai. On ne pourra pas revenir ce soir, la nuit tombe vite.

Elle change de chaussures et passe aussi les tennis grises à Alex. Elles n'auraient pas résisté bien longtemps dans la neige et l'humidité.

Accroupi, soudain vif et précis, Alex range le tout et resserre les boucles. Voyage à rebours sur le toit du monde, rochers en pyramides, frontière impalpable, nuages apprivoisés, à partir d'ici, c'est lui qui conduit.

Depuis le bar des *Deux Mondes*, cent pas hagards derrière un comptoir, ou les rues de la ville parcourues d'un pied incertain, rails de tramways menaçants, Bastille maussade en arrière-plan, Alex n'a pas changé d'allure ou de contenance. Mais, alors qu'il est emprunté là-bas, il est ici à son affaire. Angle des jambes, posture des hanches, mouvement des bras, tout ce qui n'allait pas, ou pas bien, est à présent adapté, dynamisé, révélé peut-être, par la présence fluide à ses côtés.

Ayant verrouillé l'auto, ils poursuivent sur la petite route qu'on voit continuer, se noyer dans un pli du terrain, frisson de géant, séquelle, puis renaître à l'assaut du ciel.

Il leur faut moins d'une heure pour gagner le col de la Seigne, par-delà les murs, entre les mondes. Un col n'est pas un sommet, pas de drapeau à planter. On est dominé de chaque côté. Mais, dans l'axe du chemin, la vue n'est pas refoulée. Cela induit naturellement un arrêt au point précis, imprévisible au pied l'instant précédent, où montée et descente viennent s'épouser.

C'est là qu'ils font halte, le temps d'un regard déployé et d'un sourire réservé. Ils ne se retournent pas. S'ils le faisaient, ils auraient probablement l'opportunité, entre deux rochers, d'apercevoir Raphaël, col relevé, veste à fins carreaux, plus léger qu'on n'aurait pu le penser dans ses chaussures confort allemandes que Sandra avait en son temps tant moquées. Ombre décalée, le motard noir, gants et casque conservés, suit les traces sans fléchir.

Marchant d'un bon pas, ils dépassent le refuge Elisabetta Soldini, première maison d'Italie. Le glacier en surplomb est un ouragan de givre figé dans sa colère, fleuve de lave froide immobile et tumultueux, stigmate hiératique de la jouissance d'un dieu.

Il est à peine cinq heures du soir lorsqu'ils parviennent au lac de Miage, emprisonné dans un autre glacier.

Alex est pâle.

– C'est le lac, lâche-t-il, la maison est un peu plus haut.

Il suffit effectivement de quelques pas pour découvrir la grande maison de pierre, avec sa cheminée en bec d'épervier. Elle est à l'écart du hameau en contrebas, volets fermés.

Sans se concerter, ils descendent vers les maisons habitées. Ils croisent un couple entre deux âges, elle en chandail, lui en manteau et casquette.

– Vous venez d'en haut? C'est comment? questionnent-ils en français.

– Oui, de La Ville des Glaciers, c'est dégagé. Nous avons passé la Seigne, à pied, précise Sandra tout sourire.

Elle a les traits tirés cependant, la bouche sèche et une certaine lassitude dans les épaules. Cela n'échappe pas à la femme au chandail; elle le lit immédiatement, car on sait lire ici les signes sur les gens.

– Si vous voulez entrer chez nous, juste un moment, c'est dimanche, on a le temps.

Sandra regarde Alex. D'une pulsation de paupières, il donne son accord. Elle accepte en remerciant. Ils vont à quatre sur le chemin pierreux et verglacé.

C'était un dimanche de juillet.

À Courmayeur, où Ange avait des achats à faire, il l'a présenté. « C'est mon grand », a-t-il déclaré. Alex s'est redressé.

Ensuite, ils sont montés. La route s'insinuait dans la montagne endimanchée. La fourgonnette Ange Blandin grimpait comme un chevreuil. Ils sont arrivés par le lac, la voix d'un charme indicible qui sait me parler doucement.

Puis, juste au-dessus, on est allés chez nous. La même maison, bec d'épervier, avec un banc devant, et un toit de lauze, comme on faisait avant.

Alex s'attendait à voir apparaître Anna sur la loge ouverte aux quatre vents où séchaient les bottes de foin et les rondins encore humides.

La maison, avec un lac devant. Les mêmes maisons, celle du lac et celle de la montagne. Celle de la montagne reflétée dans le lac. Alex ne savait plus où aller.

Il s'attendait à voir apparaître Anna.

Et Anna est apparue.

Presque devant la maison, poutrelles apparentes mariées à la pierre, toit de tôles plates en bac acier, une fontaine à tête de cabri. L'homme à la casquette y fait halte un instant pour humidifier rapidement ses mains. Ils entrent. Ça sent le chaud, le fumé, sans doute les braises endormies de la veille. L'hôtesse a les dents de devant un peu abîmées, mais son sourire est franc :

– Moi c'est Sabine, enfin, Sabina, comme vous voulez, et voici Félix ou Felice, à volonté.

Elle propose un café. Les présentations se font, ni Alex ni Sandra ne lèvent l'ambiguïté. Une horloge est arrêtée sur le buffet. Il y a des temps et des temps qu'on ne l'a plus remontée.

Luciano avait deux filles et il était maçon. Il leur avait construit à chacune la même maison, comme il savait faire. Le toit à large pente, les murs en pierre épaisse, l'oûtô, la loge, la grange, l'étable, les chambres, qu'il avait séparées, il faut vivre avec son temps, et la cave où l'on tuait le cochon.

Tout était pareil, sauf le lac.

Ici, c'est la maison avec le lac.

Dans le lac, on voit l'autre maison.

Sandra sent bien qu'Alex n'ose pas. C'est à elle de se jeter à l'eau.

— On a vu une maison un peu à l'écart, juste au-dessus du lac. Elle est abandonnée ?

— Oui, certainement, répond Sabine, amène. On n'a jamais connu personne dedans. Mais nous ne vivons pas au village depuis tellement longtemps. Félix était carreleur à Domodossola, vous savez sur le lac Majeur, nous ne nous sommes installés ici qu'à la mort de son père.

Alex contemple en silence le dos de ses mains, doigts légèrement écartés.

— C'est pourtant une belle maison, insiste Sandra.

— Oh, ça, intervient Felice, belle ou pas, on ne risque pas d'y habiter !

Il marque une pause, ménageant son effet. Sandra se plie au rituel.

– Et pourquoi donc ?

Rapide coup de langue, demi-sourire, son regard s'allume.

– Vous avez vu le lac ? Coincé entre moraine et glacier. Notre *ghiacciaio*, notre glacier qu'on aperçoit là-haut, eh bien, il est plus long qu'on ne croit, c'est un fleuve, vous savez, il débouche dans le val Vény. Et là-haut, précisément, le rocher s'est fendu, il y a quelques années, il paraît même que la montagne s'est cassée, qu'elle a perdu des mètres, voire des dizaines. Depuis, la maison est juste dans le couloir d'avalanche, la ligne de mire pourrait-on dire, on ne s'y risquerait pas.

Alex croise les bras :

– Elle pourrait être ensevelie ?

– Ensevelie, peut-être, je n'y ai jamais réfléchi, peut-être pas, mais parfois, des pans de glace chutent dans le lac. C'est dangereux. Et si une avalanche se déclenche, nos mélèzes ne feront pas long feu. Ce sont de vrais icebergs qui déboulent de là-haut…

Il y a visiblement longtemps qu'il n'a pas tant parlé. Mais le cou tendu d'Alex et le regard concerné de Sandra sont autant de raisons de poursuivre.

– … Et les vieux, enfin, les plus vieux que moi, qui sont d'ici depuis toujours, hiver comme été, savent qu'il y a un réseau de crevasses gisant sous le glacier.

Si ça tombe – et c'est déjà tombé comme ça, ils le racontent, il suffit d'écouter –, le lac peut se vidanger. Vous vous rendez compte ! Une crue de lac, capable d'emporter tous les ponts de la vallée…

Anna est apparue à la loge.
Ce n'était pas Anna, bien sûr, ça ne pouvait pas.
Cette Anna-là, c'était Maria.

– On va aller y faire un tour, juste comme ça, dit Alex en se relevant.

21

Ce n'est qu'à quelques pas, mais la distance à franchir est infinie. C'est là, c'est ici qu'Alex, qui se souvient de tout, doit retrouver ce dont il écarte le souvenir. Entrer dans la maison du lac, hameau isolé, pour trouver la clef de l'autre maison, sept villages à l'unisson, donner un havre à Fulvio, et peut-être reprendre, reprendre enfin, le fil abandonné toutes ces années. Car chaque vie est un fil tendu, et nous sommes tous des funambules.

Anna est apparue à la loge.
Elle souriait.
Ce n'était pas Anna, bien sûr, ça ne pouvait pas.
Cette Anna-là, c'était Maria.

Sandra avance avec Alex à ses côtés. Elle a confiance. L'entreprise est insensée, si elle devait en parler elle ne saurait ni par où commencer, ni comment justifier. Mais la confiance est un petit miracle, un de ceux dont, nous autres humains, avons la charge au quotidien.

La neige se refroidit avec le soir, elle craque sous les pas. Les mots de Felice résonnent sous les pas. La neige est fragile, sous le manteau elle peut faiblir, elle peut casser, laisser la glace se cabrer et la poudreuse déferler.

Anna est apparue à la loge.
Elle souriait.
Ce n'était pas Anna, bien sûr, ça ne pouvait pas.
Cette Anna-là, c'était Maria.

La porte est fermée, mais il suffit d'actionner la clenche pour entrer. Il fait sombre, l'oûtô est droit devant, et l'escalier de flanc. Ça sent le moisi, le bois mouillé, et la paille qu'on n'aurait pas rentrée.

Alex reste figé devant les marches. Il saisit Sandra par l'épaule, ses yeux tristes frappent à la porte du passé.

Anna est apparue à la loge.
Elle souriait.
Ce n'était pas Anna, bien sûr, ça ne pouvait pas.
Cette Anna-là, c'était Maria.

Il ne saurait aller ni là ni là. Chevalier fourbu sous les années vécues sans cesse revécues, prince du souvenir ébloui de croisade, il est parvenu à la frontière de son royaume, mais il ne peut entrer.

Finalement, il se dirige vers l'oûtô, c'est la pièce à vivre, on y recevait les voisins, des sept villages ou d'un peu plus loin, qui disaient : « Je viens vous embêter chez vous. » Et l'on répondait : « Des embêteurs comme toi, on en voudrait bien tous les jours. » Le poêle est encore là.

— Je vais faire du feu, dit Alex, installe-toi.

Il sort à la recherche de bois de rame, petits rameaux tombés déjà secs et qui brûlent sans trop fumer. C'est un geste appris tôt, l'œil, la main, le bras et même le genou. Il ne lui faudra que quelques minutes à couvert des mélèzes.

Raphaël n'est pas loin. Il a lui aussi rencontré des gens du hameau qui ne l'ont pas laissé repartir sans l'accueillir. On lui a même passé un duffel-coat, au cas où il s'attarderait dehors. Autrement, il y a le refuge, c'est chauffé, où l'on trouve toujours quelque chose à manger. Bien sûr, il faudra payer, mais s'il est trop fatigué, on fera une place ici.

Alors qu'Alex, bras chargés, s'en retourne vers la maison à présent éclairée à la bougie, Raphaël le hèle :

— Hé, vous habitez là-bas ?

Alex stoppe sans sursauter. La voix est triste. C'est à peine une question. Il se retourne. Les ombres s'allongent déjà. Manteau ouvert, cet homme, instantanément gravé dans sa mémoire, frissonne, mais pas de froid.

– Non, juste de passage. La maison est dans un couloir, elle sera détruite tôt ou tard.

Pour toute réponse, Raphaël hoche la tête. Alex lui rend son salut et tourne les talons, s'éloignant lentement. Le temps passant au présent n'a plus tant d'importance. Il retrouve l'empreinte de ses propres pas avant le seuil. Puis, sous le regard distant de Raphaël immobile, il pousse du coude la poignée de fer forgé grinçant contre le chêne de la porte et disparaît.

Raphaël referme son duffel-coat. Il neige. À peine. Ou bien ce sont des flocons mouillés.

Il remonte vers le glacier.

L'image de l'avalanche l'accompagne, elle s'insinue en lui, elle enfle. Un craquement, une marée de poudre blanche, un grondement, le tonnerre de la terre, une vague unique balayant tout ce qui tenait debout. Sandra est à l'intérieur avec cet homme aux paupières mélancoliques.

Il est désemparé en progressant sur ce glacier étranger.

Plus que ça, il est vidé du désir de vivre.

C'est venu le jour de la fausse route, crevette en travers du gosier. Il ne l'a pas senti tout de suite. C'est après coup, en y repensant, que l'idée a cristallisé. Lorsqu'il a compris que l'air ne passait plus, il est tombé à genoux, il a plongé sa main dans sa gorge paralysée, insensible, ni réflexe vomitif ni contraction, puis, avec l'asphyxie, il a roulé sur le dos et fixé le plafond.

Un instant plus tard, Sandra l'a trouvé.

Mais dans l'intervalle, impossible de savoir combien cela a pu durer, il est resté là, tortue renversée, à regarder l'autre côté. Ce moment revient constamment, pour un rien, au détour d'événements insignifiants, un insecte écrasé sur le pare-brise, un trousseau de clefs mal attrapé tombant sur le palier, un pigeon malade alangui sur un rebord de fenêtre.

Un moment qui, depuis, s'est dilaté. Il lui trotte dans la tête comme un de ces vers d'oreille qu'étudie Sandra, une rengaine intime, mélodie lancinante, obsédante, venant lui rappeler qu'en cet instant de vérité, il avait accepté, oui, admis de cesser d'exister.

Au début de la vie, exister est acquis; toujours, c'est toute la vie. Indiscutable, incontestable, allant de soi. Il arrive cependant une heure, tombant sans crier gare, où l'impensable devient probable, on en voit les contours. La musique alors se met en mouvement. Ce n'est d'abord qu'un filet, un soupçon de flûte ou de saxo, parfois juste l'écho d'un soprano. Mais le thème s'enrichit chaque jour de nouvelles variations, chaque heure recrute en vous un nouvel instrument. Le concert intérieur prend de l'ampleur, le rythme s'accélère, il enveloppe tous les autres arrangements.

C'était une résonance discrète, et voici que soudain, irrésistible, c'est un boléro.

Ce boléro-là entête Raphaël depuis quelques semaines, susurrant à l'envi que tout est égal à présent, un peu plus, un peu moins, quelle importance. Il ne quittera plus cet air-là.

Sandra est sans doute perdue depuis longtemps, en tout cas pour lui. Rien n'y changera. Or, le changement est la sève de la vie.

Avalanche.

Un cataclysme qui peut être déclenché par un simple bruit, par un cri, par une parole. Raphaël sourit, barbe douloureuse. Fils du Livre, il a cru aux mots. Les mots pour penser, pour guérir, les mots pour étiqueter, pour transmettre, les mots pour revivre ce qui a grincé et pour enfin laisser vivre. Sandra, celle qu'il a choisie – ou bien faut-il en parler au passé ? –, a versé aussi dans les mots, le langage, ce qui rassemble et ce qui sépare, comment se penser soi-même en être parlant, et encore et toujours, ce qui rassemble et ce qui sépare, oui, de l'autre qui parle lui aussi, se parle et me parle…

Il n'avait jamais pensé à elle de cette façon, en complémentarité. Fou qu'il a été de toujours mesurer, comparer, établir des classements. Le voici seul à présent avec ses mots, sans personne à qui les dire. Sandra est dans cette maison, à terme condamnée par la montagne, auprès de cet homme maigre et chancelant, confus peut-être, vacillant certainement.

Il glisse sur une plaque verglacée, mais, bras écartés, rétablit son équilibre sans poser un genou à terre. Les mélèzes sont rangés dans la distance, un peu à l'écart. Il a besoin soudain de se trouver à couvert. Il faut résister à la tentation de retourner vers la maison, approcher des fenêtres, épier.

Non, il vaut mieux que ça, même si ça ne sert à rien.

Il a choisi Sandra envers et contre tous, contre lui-même aussi. Son éloignement – et pour qui – signe le fiasco final. L'avalanche serait un bon moyen d'effacer tout cela sans laisser de trace, sans avoir à rendre compte et sans se rendre compte.

Une cohérence retrouvée au dernier moment, un délice, une délicatesse. Déclencher l'éternuement du géant endormi grâce à de simples mots, des mots pesés, criés, en s'aidant du pied s'il le faut, ou en claquant des mains.

Oui, ça irait bien.

Il y a des manières de finir qui vous répugnent, et d'autres qui vous apaisent, qui vous vont bien.

22

Le feu a pris facilement. Sandra est assise dans un fauteuil fatigué, copie conforme de l'autre, ou bien est-ce le même qu'on aurait rapporté ?

Le front d'Alex perle sous la tension. Il continue à enregistrer chaque moment de la journée, la tasse ébréchée trouvée par Sandra dans le placard, le thé bouilli au feu de bois qu'ils ont partagé, et la façon dont, ayant ôté ses brodequins, elle a replié les jambes en se tenant les chevilles. Sa mémoire fonctionne à plein régime au temps présent, mais demeure immobile, tétanisée face au passé.

L'image de Maria à la loge est la dernière qu'il voit. Ensuite, c'est le brouillard. Par-delà le brouillard, commence la descente en fourgon.

Sous une ligne de sourcils étale et gracieuse, les yeux café de Sandra ne manifestent aucune impatience. Il n'y a pourtant pas beaucoup de temps. Derrière la faille, se cache le trajet du retour, celui de la maison aux sept villages, qui ne craindra ni les avalanches ni les reflets.

– Sandra, balbutie-t-il, aide-moi.

Elle tourne la tête vers lui. Il est prêt à forcer le barrage, et pour elle et pour lui. Les mots simples résonnent à l'infini. Raph n'a jamais su les prononcer. Alex est venu l'aider, s'aider est ici un mode de vie, et, à présent, il lui demande de l'épauler. C'est peut-être là que gît le secret des gens d'en haut.

Mais il y a plus, allant de lui à elle, et qui en elle lui répond. Au creux de son ventre, quelque chose s'éclaire, en dedans ; elle se fiche déjà de ce que diront les gens.

Sandra tend la main.

– Viens, dit-elle en saisissant la bougie, on va visiter. Ils sortent de l'oûtô. Deux escaliers, un qui va vers le bas, un qui va vers le haut.

Maria souriait comme sur la photo. Il l'a embrassée pendant qu'Ange buvait son café. Elle avait le même goût qu'Anna, en plus salé mais c'était familier.

Puis il est monté dans sa chambre.

Alex garde la main de Sandra dans la sienne, puis l'attire à lui, à sentir son souffle, à le partager.

– J'avais onze ans, dit-il en la regardant fixement, je suis venu ici avec mon père. J'ai embrassé Maria, qui avait le même goût que ma mère, peut-être en plus salé, mais c'était familier. Ensuite, je suis monté dans ma chambre.

Sandra vacille. L'enfant retrouvé s'efface devant un homme, capable d'avancer. Désir d'homme, courage d'homme. Un jour tout cela sera terminé, le jour pourra commencer.

– Alex, lui dit-elle à l'oreille, yeux fermés, ça ne pouvait pas être ta chambre. Pas ici…

Pendant un laps de temps, il ne réagit pas, elle se demande même s'il a entendu. Ensuite, il recule brusquement. Sous ses sourcils inclinés, les prunelles sont dilatées.

– *C'était* ma chambre.

– Mais, Alex…

Il s'accroche à la rampe d'escalier. Les jointures de ses longues phalanges virent à l'ivoire. Il se met à trembler, ou bien il secoue l'escalier tout entier.

Ce qui contrevient aux règles de la logique porte tous les mystères de la nuit. Devant l'absurde, certains êtres foncent tête baissée. Il leur faut sur-le-champ détruire la palissade, sous peine de réveiller en eux des hôtes cachés et grimaçants.

Sandra n'est pas de ce bois-là. Les fantômes sont de sa famille, tous les fantômes ont des noms.

Alex palpite, au bord de lui-même. On sent poindre la colère. Cela n'inquiète pas Sandra. Au contraire. Elle y voit le signe qu'il est sur le chemin. Mais il faut l'aider. Ce qu'il va rencontrer, face à face, ne peut être que terrible, chaque pas est plus dangereux que le précédent. Il faut lui faire sentir que ce chemin est partagé. Car il est partagé, son ventre de femme le lui murmure, respirant en cet instant à la place de ses poumons.

Pulsion soudaine, inévitable, geste rêvé, geste donné, dans la pénombre de ce vestibule humide et glacé, elle l'attire à elle, ou bien c'est elle qui s'attire à lui.

Peu à peu, sous la douceur insensée de cette longue étreinte, l'escalier cesse de frémir.

23

Encore un peu plus haut.

Raphaël progresse sur le glacier.

Il a dépassé les mélèzes à présent, il est près du sommet. La nuit est tombée, mais la neige diffuse une lumière opalescente. C'est suffisant pour marcher. Plusieurs fois il a glissé, autant de fois, il s'est relevé.

Alex gravit l'escalier ; Sandra est assise sur les marches, mains au visage, elle ne l'accompagne pas. Toute perturbation pourrait faire écrouler le château de cartes.

Sur le palier, on peut aller vers la loge, ou vers la chambre d'Anna. Elle y dormait tous les soirs. Quand il était présent, Ange y dormait aussi, mais c'est ainsi qu'on disait, la chambre d'Anna.

Il passe la chambre d'Anna.

Ce n'était pas Anna, bien sûr, ça ne pouvait pas. Cette Anna-là, c'était Maria.

Ahanant, cuisses douloureuses, mais impassible au-dedans, Raphaël parvient au champ de neige qui constitue la source du glacier. Poursuivant encore, s'enfonçant parfois jusqu'à mi-jambe, il s'approche prudemment du sommet. Basculer à cet endroit serait une fin stupide, discordante. Il a prévu autre chose.

L'autre versant est abrupt, la neige a renoncé à s'y accrocher. Fatigué mais debout, émergeant d'une pénombre luminescente, à la limite du vertige, il scrute une nuit tumultueuse et affûtée. Un torrent, gonflé déjà par la fonte des neiges, s'enfonce, cheminée ouverte dans une brèche entre les rochers anthracite.

Un peu plus loin sur le couloir vient sa chambre, avec son nom marqué dessus.

C'était un mercredi d'automne, ça sentait le cidre, la pomme et le pain. Anna cuisinait la pila, le plat des montagnes, avec du lait et de la farine. Il avait choisi des crayons de couleur. Une lettre par couleur, il avait écrit son nom sur une feuille arrachée au cahier de brouillon couvert de papier vert. Dans celui-là, on avait le droit.

La porte est fermée. Il n'y a plus de nom épinglé sur la porte. S'il était resté, il l'aurait reconnu.

Le cahier de composition avait une couverture rouge. Dans celui-là, on n'aurait jamais osé détacher une feuille, même les deux du milieu, qu'on aurait pu glisser au travers des agrafes centrales.

L'eau du torrent ressort bruyamment du conduit pour bouillonner contre les parois effritées. Avec la nuit, seuls quelques jaillissements accrochent un peu de lumière. L'essentiel de la fascination provient des bruits, sifflements ou résonances fracassées, ponctués de silences menaçants.

Montagne blanche, montagne noire. Des sœurs jumelles aussi dangereuses l'une que l'autre, par des moyens différents. L'une séduit, l'autre inquiète. La première attire, la seconde défie. À la croisée des mondes, il trouve enfin une forme de paix, lui qui n'a jamais su vraiment de quel pays il était.

Le poids de son corps fait crier le bois du plancher. La porte s'entrouvre d'elle-même. En face de lui, la fenêtre dont la vue donne sur le lac. Il suffirait de respirer plus fort pour entendre Ange et Anna discuter dans l'oûtô, pendant qu'Ange buvait son café chaud.

Ange et Maria discutaient dans l'oûtô pendant qu'Ange buvait son café chaud. Il a vu son nom sur la porte, il est entré.

Il est temps. Raphaël a choisi le côté blanc. Il suffit de lâcher des mots, tous ceux qui l'ont accompagné, liberté, tradition, étude, interprétation, volonté, inconscient, ou bien ceux qui l'ont trahi, paraître, comparaître, savoir, connaître, avoir, être. Si cela ne suffit pas, il en a d'autres à hurler, plus concrets mais pas moins cruels, main, bras, sein, draps, enfant, enfant, encore, Sandra, Sandra.

Rien ne vient, la montagne ménage ses effets. Mais il a des mots plein les poumons, il peut crier jusqu'au matin s'il le faut, rauque ou clair, vibrant métal ou souffle égal. Ludion planté dans la neige, il peut vaincre une dernière fois.

C'est alors qu'apparaît, découpé ton sur ton devant l'horizon indifférent, ange noir issu de nulle part, un motard, gants et casque fermés. En temps normal, Raphaël aurait été effrayé. Mais, ce soir qui n'est pas comme les autres soirs, la seule chose à préserver, dérisoire pour dérisoire, c'est la dignité.

Alex pousse la porte, dont la poignée a disparu. La pièce est vide. Ceux qui sont partis d'ici n'avaient aucune intention de retour. Il s'approche de la fenêtre, son pas d'homme résonnant secrètement dans la chambre d'enfant désertée.

En entrant dans sa chambre, le reflet de la fenêtre ouverte lui a renvoyé l'image de jumeaux, comme les Grésy.

Sauf que l'un des deux jumeaux c'était lui.

Raphaël s'est interrompu l'espace d'un instant. L'homme en noir ôte ses gants, puis son casque qu'il pose dans la neige. Il se rapproche de Raphaël. Lorsqu'il est à distance de bras, on voit qu'il tient un doigt posé sur la bouche.

– Faut pas faire ça, dit Paco, sinon tu vas tous nous tuer.

Alex tombe à genoux dans la pièce.

Il se souvient.

Il appelle.

Sandra vient.

Tenir à la vie est une faiblesse insigne. Raphaël sourit dans sa barbe meurtrie. Depuis combien de temps ne s'est-il pas senti aussi fort ? Il laisse l'homme approcher encore. Plus près, plus près, à sentir l'odeur de cuir et d'essence. Tant d'humiliations à laver, cette nuit qui n'est pas comme les autres nuits, dans la blancheur de la neige. Toutes ces hontes bues, celle de la rue des Taillées, Sandra n'a jamais su qu'il savait qu'elle épiait, et les autres aussi, chaque fois qu'il s'est trouvé désemparé, incapable de penser, de réagir, inapte au mouvement, impuissant.

Sandra le trouve face à la fenêtre qu'il vient de traverser du poing. Le sang coule sur les lattes sombres du plancher. Alex a retrouvé son passé. C'est avec elle qu'il veut le partager.

– Je suis entré, j'ai vu cet enfant, ces enfants, lui et moi, près de la fenêtre, en train de jouer. Lui, et moi dans le reflet. Lui ou moi. Je me rappelle m'être approché. Puis plus rien… J'ai dû m'évanouir. À mon réveil, les docteurs, les carabiniers, les gendarmes…

Sandra lui prend la main. Geste instinctif, elle lèche la blessure. Elle a du sang à présent, une trace mince, au bord des lèvres.

– L'enfant de ta tante ?

– Oui, mon demi-frère, mon demi-frère jumeau.

Relever la tête, enfin, pour personne, histoire de se laisser à lui-même un bon souvenir. Raphaël et son double, pour l'éternité. Saisissant l'homme au collet, il l'empoigne. Il ne cédera pas, il ne cédera plus.

Paco n'hésite pas. Il est entré dans la danse par amitié, il n'en sortira pas comme ça. Dans son schéma de vie, protéger un ami en danger n'est pas un choix, c'est un réflexe.

Il est vif, léger, il sait lutter.

Raphaël est mu par une autre énergie. Tout en empoignant cet homme dont il ne connaît rien, il continue de hurler ses mots assassins. Entre les harmoniques de sa voix et les coups redoublés de son corps sur le sol tétanisé, il est certain, tôt ou tard, de déclencher la nuée salvatrice. Peut-être le glacier mettra-t-il du temps à se réveiller ; Raphaël est prêt à faire durer.

Le combat se prolonge dans la nuit avancée. Chacun trouve en soi des ressources désespérées, et en l'autre une opposition forcenée. Paco tente de bâillonner ce fou qui veut faire cracher la montagne. Comprenant qu'il ne peut le vaincre malgré toute son habileté, il le touche à la hanche, et la hanche de Raphaël se démet pendant qu'il lutte. Mais la voix, la parole, est son arme suprême, et Paco ne trouve pas la parade.

Alors, de guerre lasse, avant les premières lueurs du jour, Paco, pour faire silence, enfin silence, enlace son adversaire et l'entraîne dans le gouffre encore enténébré de l'ubac acéré.

L'aube pointe. Alex et Sandra ont passé la nuit dans l'oûtô. Il a parlé, tout est revenu, Anna, Ange et Maria. La vie aux sept villages, Luciano qui se taisait et Maria qu'on ne voyait pas.

Puis le voyage avec Ange. La maison du lac, et celle qu'on voyait dans le lac. Il ne savait rien, le seul de la famille à ne rien savoir. Même les Grésy savaient.

Il est entré dans la pièce, l'enfant de la fenêtre et lui-même dans la fenêtre. Et quand il a repris ses esprits, Maria se déchirait les cheveux et Ange la tenait, par les épaules, par la taille, comme il pouvait ; elle se débattait. Ils sont partis avant les secours. Il n'a jamais revu Maria. Anna a sombré. Ange, peu à peu, s'est effacé aussi, jusqu'au jour où il est venu lui annoncer qu'Anna n'était plus.

Tout à l'heure, cette nuit, c'est le nom de son frère qui est revenu en premier, peut-être la cause de tout. Quand il a monté l'escalier, ce dimanche de juillet, ébloui, magnétisé, il a lu Alex, sur la porte, au lieu de l'inscription au crayon, même pas en couleur : Axel.

Axel, le frère caché, perdu, aujourd'hui retrouvé.

Quant à ce qui s'est vraiment passé, l'a-t-il poussé, a-t-il glissé, cela n'a plus d'importance à présent. Il a déjà payé, presque trente années.

La lumière entre par la fenêtre, pâle face au jaune du feu, mais plus puissante que le jaune du feu.

– Je sais rentrer à la maison, dit Alex, j'ai le nom du village, et des six autres aussi. Fulvio aura son abri.

Ils se lèvent.

Alex jette un regard circulaire, puis reprend son sac.

Ils sortent. Inutile de fermer la porte.

Ils vont sur le chemin.

Le soleil naissant leur caressant les épaules, ils vont, face au vent glacial du matin, visages transis, foulées résolues, ils vont à deux vers l'autre flanc par-delà le col. Invisible à leurs regards parallèles, le lac abandonné se trouble d'opaques marbrures.

C'est aux environs du refuge Elisabetta que le craquement retentit. Comme le tonnerre, mais sans le recours du ciel.

Ils se retournent.

Le nuage blanc s'élève à blanchir le ciel.

– La maison aura sans doute disparu, commente Alex, presque détaché.

– Ça ne te fait rien ?

– Si, je vais pouvoir l'oublier.

24

Turin, un soir de décembre, peu avant Noël, double flux de passants dans les rues marchandes, embouteillages, néons multicolores, devantures or et strass.

Calme et silence dans l'aile droite du Palazzo di Giustizia Bruno Caccia, le nouveau palais de justice, château fort moderne, vitres miroirs, jardin intérieur et étages en barres suspendues.

Un couloir indiscernable, un bureau comme les autres.

Reposant ses fines lunettes d'écaille ovales avec une grimace de fatigue, le substitut du procureur Rinaldi referme l'épais dossier vert délavé qui, depuis des années, ne quitte plus son bureau.

Il est las, un peu déprimé.

Bien qu'officiellement adressée au service des archives de l'OTAN, sur papier à en-tête du Gruppo specializzato Criminalità Organizzata, Terrorismo, DDA, sa nouvelle demande d'information sur les activités du groupe Gladio pendant et depuis les

années de plomb vient d'être rejetée. Au motif que
« les documents demandés ne sont pas accessibles aux
chercheurs ».

Le dossier Condor, rouge passé – qui croirait que le
soleil entre parfois ici ? –, est également fermé, sur la
desserte.

Deux dossiers fermés. Mais pas clos.

Pour l'heure le *sostituto* a besoin d'une pause. Il
quitte la pièce, parcourt les couloirs, évite l'ascenseur,
les escaliers sont son seul sport, sort du bâtiment en
saluant discrètement le planton, hume l'air humide,
légèrement terreux, exhalé par la montagne veillant
sur l'horizon, et va faire quelques pas dans le jardin
Nicola-Grossa.

Il affectionne ces sentiers qui bifurquent. Les
parcourir dans le relâchement du corps, mains derrière
le dos, lui permet d'organiser sa réflexion. Allant et
venant dans cet espace clos et pourtant infini à l'aune
des trajets qu'on peut y composer, il recrée et démêle
en pensée les fragments de l'inextricable écheveau.

Soudainement, il s'immobilise et consulte sa montre
gousset. Il y a dix ans, il n'aurait jamais imaginé porter
quotidiennement un objet aussi suranné, dernier cadeau
de son grand-père, alors qu'il n'avait pas dix-huit ans,
pour son entrée en faculté. Mais, depuis la mort de son
père, il apprécie le geste, le moment de flottement hors
du temps, entre la décision de savoir l'heure et celle de
prendre une décision quant au moment suivant.

Un répit, un instant volé au temps.

Six heures quarante. Il replace délicatement la montre dans la poche de son gilet. La librairie juridique du cours Francesco-Ferrucci est peut-être encore ouverte. Ils auront sans doute une copie de la note d'Arthur Ringrose sur les extraditions du Mexique vers l'Espagne. Il en possède certainement un double, enfoui quelque part dans son bureau, mais il sera plus simple de demander à la librairie. Et il pourra ensuite s'offrir un café chez Furini, terrasse chauffée, gorgée amère et spacieuse, singulière acuité.

Sept heures moins dix. Le substitut Rinaldi est assis à la terrasse, sous les braseros, tasse et verre d'eau posés devant lui. Auriculaire tendu, il porte le noir breuvage à ses lèvres. Un homme leste, gabardine fermée, met l'instant à profit pour s'asseoir à sa table.

– Saviero Rinaldi ?

Il sursaute, repose la tasse et hoche la tête. Les risques du métier sont assumés depuis le début, avant même qu'on lui ait offert la montre.

L'homme sourit, cheveux poivre et sel coupés court, longs cils bruns, petite moustache :

– Fulvio Campeotti. On s'est croisés très rapidement pendant les années de plomb. Nous n'étions pas du même bord, enfin, c'est plus compliqué que ça, mais je connais votre travail…

Rinaldi prend une longue inspiration. Si cela avait dû se faire, ce serait déjà fait.

– Certes. Je suppose que vous n'êtes pas ici pour complimenter ma ténacité.

– Non, effectivement, répond Fulvio en souriant, quoique… Mais si vous avez des questions, j'ai beaucoup de réponses… En échange…

Rinaldi se raidit imperceptiblement.

– En échange ?…

– D'un coin tranquille à l'ombre, disons, le temps que mes réponses soient suffisamment diffusées.

Un silence s'installe, yeux dans les yeux. Ni l'un ni l'autre ne cille. Après un temps, le substitut extrait une nouvelle fois sa montre du gousset. L'ayant consultée, il se penche vers son interlocuteur :

– Ici, le café a toutes les saveurs. Je vous commande quelque chose ?

25

Quelques jours plus tôt ou plus tard, dans Grenoble.

La saison d'hiver bat son plein, les hôtels sont surchargés.

Le jour a cédé, mais la nuit n'est pas encore installée. Seules les couleurs ont disparu.

Maggy quitte les locaux de la rue François-Raoult. Cette heure-là lui convient. Elle a pris l'habitude de sortir comme ça, entre chien et loup, quitte à revenir plus tard le soir, s'il reste des rapports à compléter.

Dans la poche de son tailleur trop léger pour la saison, la lettre reçue d'Italie il y a déjà des mois.

Non décachetée.

Une petite lettre toute simple, enveloppe rédigée à la main. Elle n'a pas reconnu l'écriture, mais elle sait d'où elle vient. La savoir expédiée lui a un temps suffi, sentir, au hasard des mouvements de la journée, le papier se froisser contre sa hanche, l'enveloppe lentement se corner, comme des rides au coin des lèvres, comme si le temps s'écoulait de manière égale pour tout le monde.

Ce soir, les doigts du spleen sont plus satinés qu'à l'habitude. Une bière serait la bienvenue. Les alcools plus forts viendront ensuite, la nuit absorbe tout.

Ses pas la dirigent vers la rue des Diables-Bleus. Elle sait que le rideau de fer est tiré, l'établissement fermé. Elle a fait mener une enquête discrète sur Vassili. Il s'est retiré dans un chalet d'altitude au-dessus d'Ugine, récemment hérité d'un parent éloigné, ou d'un ami de la famille décédé sans héritier.

Elle y est. Une affiche indique l'ouverture prochaine d'un restaurant salon de thé. *Les Deux Mondes* ont vécu, c'est très bien comme ça. On ne sert pas de Delirium dans un salon de thé.

Il suffit de poursuivre pour tomber sur le parc. Le Diable est toujours là, un peu de neige sur le béret et les épaules. Cela ne l'importune pas, regard droit, main ferme sur le fusil glacé.

À cette heure, les lieux sont désertés. On termine en hâte sa journée, ou l'on se prépare pour la soirée, restaurant, cinéma, amis. Quelques vieux sans doute commencent leur repas devant la télévision.

Un chat noir et gris traverse l'allée. Il s'arrête un instant devant Maggy, queue relevée, l'air d'attendre un rendez-vous qu'on n'aurait pas honoré.

Il y a une petite place sur la pierre en contrebas de la stèle. Maggy s'y installe. Le chat n'a pas bougé. Il s'est simplement assis, lui aussi, enroulant sa queue comme un manchon autour de lui. Quelques flocons suspendus se laissent aller à la gravité.

Elle sort l'enveloppe scellée de sa poche. Les bords en sont tellement usés qu'ils offrent d'eux-mêmes le papier glissé. Ses doigts sont calmes à présent. Elle ouvre, presque sans déchirer.

À l'intérieur, un feuillet blanc plié en quatre qu'elle lisse sur ses genoux, bien à plat.

L'obscurité noie l'écriture fine, appliquée, régulière, comme on apprend à l'école, les pleins et les déliés.

Elle cherche ses lunettes dans son sac. Elle les chausse. Celui qui a écrit n'avait probablement pas tenu un stylo depuis longtemps. Le message est fixé dans l'encre autant que dans le texte.

Maggy,

J'espère que ces mots vous trouveront bien.

Je vis à présent dans la région de Naples en compagnie d'une femme qui a vécu un grand malheur sans le savoir, puis le sachant.

Nous nous aidons.

J'ai appris à oublier.

Je ne vous oublie pas.

Alex

Du même auteur

Éditions Cohen & Cohen
Par la racine, 2023
L'Affaire Pavel Stein, 2021

Éditions Le Voile des mots
L'Ordre des jours, *2023*
Le Geste, *2023*
Peau vive, *2023*
Les Harmoniques, *2023*
Le Problème de Nath, *2023*
L'Affinité des traces, *2023*

Éditions Héloïse d'Ormesson
Reflets des jours mauves, 2019
L'Affinité des traces, 2012
Souffles couplés, 2010
L'Ordre des jours, 2008
Le Geste, 2006

Éditions Odile Jacob
Des Mots et des Maths, 2019

Éditions de l'Aube
Les Harmoniques, 2017
L'Ordre des jours, 2017

Éditions de la Grande Ourse
Peau vive, 2014

Éditions Belin
Le Problème de Nath, 2007

Éditions L'Harmattan
Trois Pièces faciles, 1999

Printed in France by Amazon
Brétigny-sur-Orge, FR

14088734R00144